William Shakespeare
Romeo und Julia
Englisch und Deutsch
Ins Deutsche übertragen von Schlegel und Tieck

AF287579

SEVERUS Verlag

Shakespeare, William: Romeo und Julia. Englisch und Deutsch
Ins Deutsche übertragen von Schlegel und Tieck. 2014
Neuauflage der Ausgabe von 1957
ISBN: 978-3-86347-830-8

Umschlaggestaltung: SEVERUS Verlag

Bibliografische Information der Deutschen Nationalbibliothek: Die
Deutsche Nationalbibliothek verzeichnet diese Publikation in der
Deutschen Nationalbibliografie; detaillierte bibliografische Daten
sind im Internet über https://dnb.de abrufbar.

Der SEVERUS Verlag ist ein Imprint der Bedey & Thoms Media GmbH,
Hermannstal 119k, 22119 Hamburg

SEVERUS Verlag, 2014
http://www.severus-verlag.de
Gedruckt in Deutschland

William Shakespeare

Romeo und Julia

Englisch und Deutsch
Ins Deutsche übertragen von
Schlegel und Tieck

DRAMATIS PERSONAE

ESCALUS, Prince of Verona
PARIS, a young Nobleman, Kinsman to the Prince
MONTAGUE   Heads of two Houses, at variance with
CAPULET   each other
An old Man, of the Capulet family
ROMEO, Son to Montague
MERCUTIO, Kinsman to the Prince, and Friend to Romeo
BENVOLIO, Nephew to Montague, and Friend to Romeo
TYBALT, Nephew to Lady Capulet
FRIAR LAURENCE, a Franciscan
FRIAR JOHN, of the same Order
BALTHASAR, Servant to Romeo
SAMPSON   Servants to Capulet
GREGORY
PETER, Servant to Juliet's nurse
ABRAHAM, Servant to Montague
An Apothecary
Three Musicians
Page to Paris; another Page; an Officer
LADY MONTAGUE, Wife to Montague
LADY CAPULET, Wife to Capulet
JULIET, Daughter to Capulet
Nurse to Juliet
Citizens of Verona; Kinsfolk of both Houses; Maskers, Guards,
Watch-men, and Attendants
Chorus

Scenes — Verona; Mantua

PERSONEN

ESCALUS, Prinz von Verona
GRAF PARIS, Verwandter des Prinzen
MONTAGUE   Häupter zweier Häuser, welche in Zwist
CAPULET   miteinander sind
Ein alter Mann, Capulets Oheim
ROMEO, Montagues Sohn
MERCUTIO, Verwandter des Prinzen und Romeos Freund
BENVOLIO, Montagues Neffe und Romeos Freund
TYBALT, Neffe der Gräfin Capulet
BRUDER LORENZO, ein Franziskaner
BRUDER MARCUS, von demselben Orden
BALTHASAR, Romeos Diener
SIMSON   Bediente Capulets
GREGORIO
PETER, Diener der Amme
ABRAHAM, Bedienter Montagues
Ein Apotheker
Drei Musikanten
Ein Page des Paris; ein zweiter Page; ein Polizist
GRÄFIN MONTAGUE, Gemahlin Montagues
GRÄFIN CAPULET, Gemahlin Capulets
JULIA, Capulets Tochter
Juliens Amme
Bürger von Verona. Verschiedene Männer und Frauen, Verwand-
te beider Häuser. Masken, Wachen und andres Gefolge
Der Chor

Die Szene ist den größten Teil des Stücks hindurch in Verona; zu Anfange
des fünften Aufzugs in Mantua

PROLOGUE

Enter Chorus.

CHORUS. Two households, both alike in dignity,
In fair Verona, where we lay our scene,
From ancient grudge break to new mutiny,
Where civil blood makes civil hands unclean.
From forth the fatal loins of these two foes
A pair of star-cross'd lovers take their life;
Whose misadventured piteous overthrows
Doth with their death bury their parents' strife.
The fearful passage of their death-mark'd love,
And the continuance of their parents' rage,
Which, but their children's end, nought could remove,
Is now the two hours' traffic of our stage;
The which if you with patient ears attend,
What here shall miss, our toil shall strive to mend.
Exit.

PROLOG

Der Chor tritt auf.

Zwei Häuser in Verona, würdevoll,
Wohin als Szene unser Spiel euch bannt,
Erwecken neuen Streit aus altem Groll,
Und Bürgerblut befleckt die Bürgerhand.
Aus beider Feinde unheilvollem Schoß
Entspringt ein Liebespaar, unsternbedroht,
Und es begräbt — ein jämmerliches Los —
Der Väter langgehegten Streit ihr Tod.
Wie diese Liebe nun dem Tod verfiel,
Der Eltern Eifern, immerfort erneut,
Erst in der Kinder Ende fand sein Ziel,
Das lehrt zwei Stunden euch die Bühne heut;
Wollt ihr geduldig euer Ohr dem leih'n,
Woll'n wir's von Mängeln, wo's noch not, befrei'n.
                              Ab.

ACT THE FIRST

SCENE I

VERONA. A PUBLIC PLACE

Enter Sampson and Gregory, of the house of Capulet, with swords and bucklers.

SAMPSON. Gregory, on my word, we'll not carry coals.

GREGORY. No, for then we should be colliers.
SAMPSON. I mean, an we be in choler, we'll draw.

GREGORY. Ay, while you live, draw your neck out o' the collar.

SAMPSON. I strike quickly, being moved.
GREGORY. But thou art not quickly moved to strike.
SAMPSON. A dog of the house of Montague moves me.
GREGORY. To move is to stir, and to be valiant is to stand; therefore, if thou art moved, thou runn'st away.

SAMPSON. A dog of that house shall move me to stand: I will take the wall of any man or maid of Montague's.

GREGORY. That shows thee a weak slave; for the weakest goes to the wall.
SAMPSON. 'Tis true; and therefore women, being the weaker vessels, are ever thrust to the wall: therefore I will push Montague's men from the wall and thrust his maids to the wall.
GREGORY. The quarrel is between our masters and us, their men.

SAMPSON. 'Tis all one, I will show myself a tyrant: when I have fought with the men, I will be cruel with the maids, I will cut off their heads.

GREGORY. The heads of the maids?
SAMPSON. Ay, the heads of the maids, or their maidenheads; take it in what sense thou wilt.
GREGORY. They must take it in sense that feel it.
SAMPSON. Me they shall feel while I am able to stand;
and 'tis known I am a pretty piece of flesh.

AKT I

SZENE I

EIN ÖFFENTLICHER PLATZ

Simson und Gregorio, zwei Bediente Capulets, treten auf.

SIMSON. Auf mein Wort, Gregorio, wir wollen nichts in die Tasche stecken.

GREGORIO. Freilich nicht, sonst waren wir Taschenspieler.

SIMSON. Ich meine, ich werde den Koller kriegen, und vom Leder ziehn.

GREGORIO. Ne, Freund! deinen ledernen Koller mußt du bei Leibe nicht ausziehn.

SIMSON. Ich schlage geschwind zu, wenn ich aufgebracht bin.

GREGORIO. Aber du wirst nicht geschwind aufgebracht.

SIMSON. Ein Hund aus Montagues Hause bringt mich schon auf.

GREGORIO. Einen aufbringen, heißt: ihn von der Stelle schaffen. Um tapfer zu sein, muss man Stand halten. Wenn du dich also aufbringen lässt, so läufst du davon.

SIMSON. Ein Hund aus *dem* Hause bringt mich zum Stand halten. Mit jedem Bedienten und jedem Mädchen Montagues will ich es aufnehmen.

GREGORIO. Der Streit ist nur zwischen unsern Herrschaften und uns, ihren Bedienten. Es mit den Mädchen aufnehmen? Pfui doch! Du solltest dich lieber von ihnen aufnehmen lassen.

SIMSON. Einerlei! Ich will barbarisch zu Werke gehn. Hab' ich's mit den Bedienten erst ausgefochten, so will ich mir die Mädchen unterwerfen. Sie sollen die Spitze meines Degens fühlen, bis er stumpf wird.

GREGORY. 'Tis well thou art not fish; if thou hadst,
thou hadst been poor John. Draw thy tool, here comes two of
the house of Montagues.

Enter Abraham and Balthasar.

SAMPSON. My naked weapon is out: quarrel; I will back thee.

GREGORY. How! turn thy back and run?
SAMPSON. Fear me not.
GREGORY. No, marry; I fear thee!
SAMPSON. Let us take the law of our sides; let them begin.

GREGORY. I will frown as I pass by, and let them take it as they
list.
SAMPSON. Nay, as they dare. I will bite my thumb at them;
which is a disgrace to them, if they bear it.
ABRAHAM. Do you bite your thumb at us, sir?
SAMPSON. I do bite my thumb, sir.
ABRAHAM. Do you bite your thumb at us, sir?
SAMPSON *aside to Gregory*. Is the law of our side if I say ay?
GREGORY. No.
SAMPSON. No, sir, I do not bite my thumb at you, sir, but I bite
my thumb, sir.
GREGORY. Do you quarrel, sir?
ABRAHAM. Quarrel, sir! no, sir.
SAMPSON. But if you do, sir, I am for you: I serve as good a
man as you.
ABRAHAM. No better.
SAMPSON. Well, sir.

Enter Benvolio.

GREGORY *aside to Sampson*. Say "better": here comes one of my
master's kinsmen.
SAMPSON. Yes, better, sir.
ABRAHAM. You lie.
SAMPSON. Draw, if you be men. Gregory, remember thy swash-
ing blow. *They fight.*
BENVOLIO. Part, fools! *Beating down their weapons.* Put up your
swords; you know not what you do.

Enter Tybalt.

TYBALT. What, art thou drawn among these heartless hinds?
Turn thee, Benvolio, look upon thy death.
BENVOLIO. I do but keep the peace: put up thy sword,
Or manage it to part these men with me.

GREGORIO. Zieh nur gleich vom Leder: da kommen zwei aus dem Hause der Montagues.

Abraham und Balthasar treten auf.

SIMSON. Hier! mein Gewehr ist blank. Fang nur Händel an: ich will den Rücken decken.

GREGORIO. Den Rücken? willst du Reißaus nehmen?

SIMSON. Fürchte nichts von mir.

GREGORIO. Ne, wahrhaftig! ich dich fürchten?

SIMSON. Lass uns das Recht auf unsrer Seite behalten, lass sie anfangen.

GREGORIO. Ich will ihnen im Vorbeigehn ein Gesicht ziehn, sie mögen's nehmen wie sie wollen.

SIMSON. Wie sie dürfen, lieber. Ich will ihnen einen Esel bohren: wenn sie es einstecken, so haben sie den Schimpf.

ABRAHAM. Bohrt ihr uns einen Esel, mein Herr?

SIMSON. Ich bohre einen Esel, mein Herr.

ABRAHAM. Bohrt ihr uns einen Esel, mein Herr?

SIMSON. Ist das Recht auf unsrer Seite, wenn ich ja sage?

GREGORIO. Nein.

SIMSON. Nein, mein Herr! Ich bohre euch keinen Esel, mein Herr. Aber ich bohre einen Esel, mein Herr.

GREGORIO. Sucht ihr Händel, mein Herr?

ABRAHAM. Händel, mein Herr? Nein, mein Herr!

SIMSON. Wenn ihr sonst Händel sucht, mein Herr: ich stehe zu Diensten. Ich bediene einen eben so guten Herrn wie ihr.

ABRAHAM. Keinen bessern.

SIMSON. Sehr wohl, mein Herr!

Benvolio tritt auf.

GREGORIO. Sag: einen bessern; hier kömmt ein Vetter meiner Herrschaft.

SIMSON. Ja doch, einen bessern, mein Herr.

ABRAHAM. Ihr lügt.

SIMSON. Zieht, wo ihr Kerls seid! — Frisch, Gregorio ! denk mir an deinen Schwadronierhieb. Sie fechten.

BENVOLIO. Ihr Narren, fort! steckt eure Schwerter ein! Ihr wißt nicht, was ihr tut.

Tybalt tritt auf.

TYBALT. Was? ziehst du unter den verzagten Knechten? Hierher, Benvolio! Beut die Stirn dem Tode!

BENVOLIO. Ich stifte Frieden: steck dein Schwert nur ein! Wo nicht, so führ es, diese hier zu trennen!

TYBALT. What, drawn, and talk of peace? I hate the word,
As I hate hell, all Montagues, and thee.
Have at thee, coward! They fight.
Enter several of both houses, who join the fray; then enter Citizens and Peace-officers, with clubs.

FIRST OFFICES.
Clubs, bills, and partisans! strike! beat them down!
CITIZENS. Down with the Capulets! down with the Montagues!
Enter old Capulet in his gown, and Lady Capulet.
CAPULET. What noise is this? Give me my long sword, ho!
LADY CAPULET.
A crutch, a crutch! why call you for a sword?
CAPUIET. My sword, I say! Old Montague is come,
And flourishes his blade in spite of me.
Enter old Montague and Lady Montague.

MONTAGUE.
Thou villain Capulet! — Hold me not, let me go.
LADY MONTAGUE.
Thou shalt not stir one foot to seek a foe.
Enter Prince Escalus, with his Train.
PRINCE. Rebellious subjects, enemies to peace,
Profaners of this neighbour-stained steel, —
Will they not hear? What, ho! you men, you beasts,
That quench the fire of your pernicious rage
With purple fountains issuing from your veins!
On pain of torture, from those bloody hands
Throw your mistemper'd weapons to the ground.
And hear the sentence of your moved prince.
Three civil brawls, bred of an airy word,
By thee, old Capulet, and Montague,
Have thrice disturb'd the quiet of our streets,
And made Verona's ancient citizens
Cast by their grave beseeming ornaments,
To wield old partisans, in hands as old,
Canker'd wih peace, to part your canker'd hate.
If ever you disturb our streets again
Your lives shall pay the forfeit of the peace.
For this time, all the rest depart away.
You, Capulet, shall go along with me;
And, Montague, come you this afternoon

TYBALT. Was? Ziehn und Friede rufen? Wie die Hölle
Hass' ich das Wort, wie alle Montagues
Und dich! Wehr dich, du Memme! *Sie fechten.*
Verschiedene Anhänger beider Häuser kommen und mischen sich
in den Streit; dann Bürger und Polizisten mit Knitteln.
ERSTER POLIZEIDIENER.
He! Spieß und Stangen her! Schlagt auf sie los!
BÜRGER. Weg mit den Capulets! Weg mit den Montagues!
Capulet im Schlafrock, und Gräfin Capulet.
CAPULET. Was für ein Lärm? — Holla! mein langes Schwert!
GRÄFIN CAPULET.
Nein, Krücken! Krücken! Wozu soll ein Schwert?
CAPULET. Mein Schwert, sag' ich! Der alte Montague
Kommt dort, und schwingt die Klinge mir zum Hohn.
Montague und Gräfin Montague.
MONTAGUE.
Du Schurke! Capulet! — Laßt los, lasst mich gewähren!
GRÄFIN MONTAGUE.
Du sollst dich keinen Schritt dem Feinde nähern.
Der Prinz mit Gefolge.
PRINZ.. Aufrührische Vasallen! Friedensfeinde!
Die ihr den Stahl mit Nachbarblut entweiht! —
Wollt ihr nicht hören? — Männer! wilde Tiere!
Die ihr die Flammen eurer schnöden Wut
Im Purpurquell aus euren Adern löscht!
Zu Boden werft, bei Buß' an Leib und Leben,
Die mißgestählte Wehr aus blut'ger Hand!
Hört eures ungehaltnen Fürsten Spruch!
Drei Bürgerzwiste haben dreimal nun,
Aus einem luft'gen Wort von euch erzeugt,
Du alter Capulet und Montague,
Den Frieden unsrer Straßen schon gebrochen.
Veronas graue Bürger mußten sich
Entladen ihres ehrenfesten Schmucks,
Und alte Speer' in alten Händen schwingen,
Woran der Rost des langen Friedens nagte,
Dem Hasse, der euch nagt, zu widerstehn.
Verstört ihr jemals wieder unsre Stadt,
So zahl' eur Leben mir den Friedensbruch.
Für jetzt begebt euch, all' ihr Andern, weg!
Ihr aber, Capulet, sollt mich begleiten.
Ihr, Montague, kommt diesen Nachmittag

To know our farther pleasure in this case,
To old Free-town, our common judgment-place.
Once more, on pain of death, all men depart.
        Exeunt all but Montague, Lady Montague, and Benvolio.

MONTAGUE. Who set this ancient quarrel new abroach?
Speak, nephew, were you by when it began?
BENVOLIO. Here were the servants of your adversary
And yours, close fighting ere I did approach:
I drew to part them; in the instant came
The fiery Tybalt, with his sword prepared,
Which, as he breathed defiance to my ears,
He swung about his head, and cut the winds,
Who, nothing hurt withal, hiss'd him in scorn:
While we were interchanging thrusts and blows,
Came more and more, and fought on part and part,
Till the prince came, who parted either part.
LADY MONTAGUE. O, where is Romeo? saw you him today?
Right glad I am he was not at this fray.
BENVOLIO. Madam, an hour before the worshipp'd sun
Peer'd forth the golden window of the east,
A troubled mind drave me to walk abroad;
Where, underneath the grove of sycamore
That westward rooteth from the city's side,
So early walking did I see your son:
Towards him I made; but he was ware of me,
And stole into the covert of the wood:
I, measuring his affections by my own,
Which then most sought where most might not be found,
Being one too many by my weary self,
Pursued my humour, not pursuing his,
And gladly shunn'd who gladly fled from me.
MONTAGUE. Many a morning hath he there been seen,
With tears augmenting the fresh morning's dew,
Adding to clouds more clouds with his deep sighs:
But all so soon as the all-cheering sun
Should in the farthest east begin to draw
The shady curtains from Aurora's bed,
Away from light steals home my heavy son,
And private in his chamber pens himself,
Shuts up his windows, locks fair daylight out,
And makes himself an artificial night.

Zur alten Burg, dem Richtplatz unsres Banns, Und hort, was hier-
in fürder mir beliebt. Bei Todesstrafe, sag' ich, Alle fort!

Der Prinz, sein Gefolge, Capulet, Gräfin Capulet, Tybalt,
die Bürger und Bedienten gehen ab.

MONTAGUE. Wer bracht' aufs neu den alten Zwist in Gang?
Sagt, Neffe, wart ihr da, wie er begann?
BENVOLIO. Die Diener eures Gegners fochten hier
Erhitzt mit euren schon, eh ich mich nahte;
Ich zog, um sie zu trennen. Plötzlich kam
Der wilde Tybalt mit gezucktem Schwert,
Und schwang, indem er schnaubend Kampf mir bot,
Es um sein Haupt, und hieb damit die Winde,
Die, unverwundet, zischend ihn verhöhnten.
Derweil wir Hieb' und Stöße wechseln, kamen
Stets mehr und mehr, und fochten miteinander;
Dann kam der Fürst und schied sie voneinander.
GRÄFIN MONTAGUE. Ach, wo ist Romeo? Saht ihr ihn heut?
Wie froh bin ich! Er war nicht bei dem Streit
BENVOLIO. Schon eine Stunde, Grafin, eh im Ost
Die heil'ge Sonn' aus goldnem Fenster schaute,
Trieb mich ein irrer Sinn ins Feld hinaus.
Dort, in dem Schatten des Kastanienhains,
Der vor der Stadt gen Westen sich verbreitet,
Sah ich, so früh schon wandelnd, euren Sohn.
Ich wollt' ihm nahn, er aber nahm mich wahr
Und stahl sich tiefer in des Waldes Dickicht.
Ich maß sein Innres nach dem meinen ab,
Das in der Einsamkeit am regsten lebt',
Ging meiner Laune nach, ließ seine gehn,
Und gern vermied ich ihn, der gern mich floh.

MONTAGUE. Schon manchen Morgen ward er dort gesehn,
Wie er den frischen Tau durch Tränen mehrte,
Und, tief erseufzend, Wolk' an Wolke drängte.
Allein sobald im fernsten Ost die Sonne,
Die allerfreu'nde, von Auroras Bert
Den Schattenvorhang wegzuziehn beginnt,
Stiehlt vor dem Licht mein finstrer Sohn sich heim,
Und sperrt sich einsam in sein Kämmerlein,
Verschließt dem schönen Tageslicht die Fenster,
Und schaffet künstlich Nacht um sich herum.

Black and portentous must this humour prove
Unless good counsel may the cause remove.
BENVOLIO. My noble uncle, do you know the cause?
MONTAGUE. I neither know it nor can learn of him.
BENVOUO. Have you importuned him by any means?
MONTAGUE. Both by myself and many other friends:
But he, his own affections' counsellor,
Is to himself — I will not say how true —
But to himself so secret and so close,
So far from sounding and discovery,
As is the bud bit with an envious worm,
Ere he can spread his sweet leaves to the air,
Or dedicate his beauty to the sun.
Could we but learn from whence his sorrows grow,
We would as willingly give cure as know.

Enter Romeo.

BENVOLIO. See where he comes: so please you, step aside;
I'll know his grievance, or be much denied.
MONTAGUE. I would thou wert so happy by thy stay,
        To hear true shrift. Come, madam, let's away.

Exeunt Montague and Lady.

BENVOLIO. Good morrow, cousin.
ROMEO.   Is the day so young?
BENVOLIO. But new struck nine.
ROMEO.   Ay me! sad hours seem long.
Was that my father that went hence so fast?
BENVOLIO. It was. What sadness lengthens Romeo's hours?
ROMEO. Not having that, which, having, makes them short.
BENVOLIO. In love?
ROMEO. Out —
BENVOLIO. Of love?
ROMEO. Out of her favour, where I am in love.
BENVOUO. Alas, that love, so gentle in his view,
Should be so tyrannous and rough in proof!
ROMEO. Alas, that love, whose view is muffled still,
Should without eyes see pathways to his will!
Where shall we dine? O me! What fray was here?
Yet tell me not, for I have heard it all.
Here's much to do with hate, but more with love:
Why then, O brawling love! O loving hate!
O any thing, of nothing first create!
O heavy lightness! serious vanity!

In schwarzes Mißgeschick wird er sich träumen,
Weiß guter Rat den Grund nicht wegzuräumen.
BENVOLIO. Mein edler Oheim, wisset ihr den Grund?
MONTAGUE. Ich weiß ihn nicht und kann ihn nicht erforschen.
BENVOLIO. Lagt ihr ihm jemals schon deswegen an?
MONTAGUE. Ich selbst sowohl als mancher andre Freund.
Doch er, der eignen Neigungen Vertrauter,
Ist gegen sich, wie treu will ich nicht sagen,
Doch so geheim und in sich selbst gekehrt,
So unergründlich forschendem Bemühn,
Wie eine Knospe, die ein Wurm zernagt,
Eh sie der Luft ihr zartes Laub entfalten,
Und ihren Reiz der Sonne weihen kann.
Erfuhren wir, woher sein Leid entsteht,
Wir heilten es so gern, als wir's erspäht.

Romeo erscheint in einiger Entfernung.

BENVOLIO. Da kommt er, seht! Geruht uns zu verlassen.
Galt ich ihm je was, will ich schon ihn fassen.
MONTAGUE. O beichtet' er für dein Verweilen dir
Die Wahrheit doch! — Kommt, Gräfin, gehen wir!

Montague und Gräfin Montague gehen ab.

BENVOLIO. Ha, guten Morgen, Vetter!
ROMEO.　　　　Erst so weit?
BENVOUO. Kaum schlug es neun.
ROMEO.　　　　Weh mir! Gram dehnt die Zeit.
War das mein Vater, der so eilig ging?
BENVOUO. Er war's. Und welcher Gram dehnt euch die Stunden?
ROMEO. Daß ich entbehren muss, was sie verkürzt.
BENVOUO. Entbehrt ihr Liebe?
ROMEO.　　　　　　Nein.
BENVOLIO.　　　　　　　So ward sie euch zu Teil?
ROMEO. Nein, Lieb' entbehr' ich, wo ich lieben muß.
BENVOLIO. Ach, daß der Liebesgott, so mild im Scheine,
So grausam in der Prob' erfunden wird!
ROMEO. Ach, daß der Liebesgott, trotz seinen Binden,
Zu seinem Ziel stets Pfade weiß zu finden!
Wo speisen wir? — Ach! welch ein Streit war hier?
Doch sagt mir's nicht, ich hört' es alles schon.
Haß gibt hier viel zu schaffen, Liebe mehr.
Nun dann: liebreicher Haß! streitsüchti'ge Liebe!
Du Alles, aus dem Nichts zuerst erschaffen!
Schwermüt'ger Leichtsinn! ernste Tändelei!

Misshapen chaos of well-seeming forms!
Feather of lead, bright smoke, cold fire, sick health!
Still-waking sleep, that is not what it is!
This love feel I, that feel no love in this.
Dost thou not laugh?
BENVOLIO.   No, coz, I rather weep,
ROMEO. Good heart, at what?
BENVOLIO.   At thy good heart's oppression.
ROMEO. Why, such is love's transgression.
Griefs of mine own lie heavy in my breast,
Which thou wilt propagate to have it prest
With more of thine. This love that thou hast shown
Doth add more grief to too much of mine own.
Love is a smoke raised with the fume of sighs;
Being purged, a fire sparkling in lovers' eyes;
Being vex'd, a sea nourish'd with lovers' tears;
What is it else? a madness most discreet,
A choking gall, and a preserving sweet,
Farewell, my coz.
BENVOLIO.   Soft! I will go along;
An if you leave me so, you do me wrong.
ROMEO. Tut, I have lost myself, I am not here;
This is not Romeo, he's some other where.
BENVOLIO. Tell me in sadness, who is that you love.
ROMEO. What, shall I groan and tell thee?
BENVOLIO.   Groan? Why, no;
But sadly tell me who.
ROMEO. Bid a sick man in sadness make his will:
Ah, word ill urged to one that is so ill!
In sadness, cousin, I do love a woman.
BENVOLIO. I aim'd so near when I supposed you loved.
ROMEO. A right good markman! And she's fair I love.
BENVOLIO. A right fair mark, fair coz, is soonest hit.
ROMEO. Well, in that hit you miss: she'll not be hit
With Cupid's arrow; she hath Dian's wit;
And, in strong proof of chastity well arm'd,
From Love's weak childish bow she lives unharm'd.
She will not stay the siege of loving terms,
Nor bide the encounter of assailing eyes,
Nor ope her lap to saint-seducing gold.
O, she is rich in beauty; only poor
That, when she dies, with beauty dies her store.

Entstelltes Chaos glänzender Gestalten!
Bleischwinge! lichter Rauch und kalte Glut!
Stets wacher Schlaf! dein eignes Widerspiel! —
So fühl ich Lieb', und hasse, was ich fühl'!
Du lachst nicht?
BENVOLIO.   Nein, das Weinen ist mir näher.
ROMEO. Warum, mein Herz?
BENVOLIO.   Um deines Herzens Qual.
ROMEO. Das ist der Liebe Unbill nun einmal.
Schon eignes Leid will mir die Brust zerpressen,
Dein Gram um mich wird voll das Maß mir messen.
Die Freundschaft, die du zeigst, mehrt meinen Schmerz;
Denn, wie sich selbst, so quält auch dich mein Herz.
Lieb' ist ein Rauch, den Seufzerdämpf' erzeugten;
Geschürt, ein Feu'r, von dem die Augen leuchten;
Gequält, ein Meer, von Tränen angeschwellt;
Was ist sie sonst? Verständ'ge Raserei,
Und ekle Gall', und süße Spezerei.
Lebt wohl, mein Freund!
BENVOLIO.   Sacht! ich will mit euch gehen;
Ihr tut mir Unglimpf, laßt ihr so mich stehen.
ROMEO. Ach, ich verlor mich selbst; ich bin nicht Romeo;
Der ist nicht hier: er ist — ich weiß nicht wo.
BENVOLIO. Entdeckt mir ohne Mutwill, wen ihr liebt.
ROMEO. Bin ich nicht ohne Mut und ohne Willen?
BENVOLIO.
Nein, sagt mir's ohne Scherz.
ROMEO. Verscherzt ist meine Ruh: wie sollt' ich scherzen?
O überflüss'ger Rat bei so viel Schmerzen!
Hort, Vetter, denn im Ernst: ich lieb' ein Weib.
BENVOLIO. Ich traf's doch gut, das ich verliebt euch glaubte.
ROMEO. Ein wackrer Schütz'! — Und, die ich lieb', ist schön.
BENVOLIO. Ein glänzend Ziel kann man am ersten treffen.
ROMEO. Dies Treffen traf dir fehl, mein guter Schütz':
Sie meidet Amors Pfeil, sie hat Dianens Witz.
Umsonst hat ihren Panzer keuscher Sitten
Der Liebe kindisches Geschoß bestritten.
Sie wehrt den Sturm der Liebesbitten ab,
Steht nicht dem Angriff kecker Augen, öffnet
Nicht ihren Schoß dem Gold, das Heil'ge lockt.
O, sie ist reich an Schönheit; arm allein,
Weil, wenn sie stirbt, ihr Reichtum hin wird sein.

BENVOLIO. Then she hath sworn that she will still live chaste?
ROMEO. She hath, and in that sparing makes huge waste;
For beauty, starved with her severity,
Cuts beauty off from all posterity.
She is too fair, too wise, wisely too fair,
To merit bliss by making me despair:
She hath forsworn to love; and in that vow
Do I live dead, that live to tell it now.
BENVOLIO. Be ruled by me: forget to think of her.
ROMEO. O, teach me how I should forget to think.
BENVOLIO. By giving liberty unto thine eyes:
Examine other beauties.
ROMEO.   'Tis the way
To call hers, exquisite, in question more.
These happy masks that kiss fair ladies' brows,
Being black, puts us in mind they hide the fair;
He that is strucken blind cannot forget
The precious treasure of his eyesight lost:
Show me a mistress that is passing fair,
What doth her beauty serve but as a note
Where I may read who pass'd that passing fair?
Farewell: thou canst not teach me to forget.

BENVOLIO. I'll pay that doctrine, or else die in debt.
                              Exeunt.

SCENE II

THE SAME. A STREET

Enter Capulet, Paris, and Servant.

CAPULET. But Montague is bound as well as I,
In penalty alike; and 'tis not hard, I think,
For men so old as we to keep the peace.
PARIS. Of honourable reckoning are you both;
And pity 'tis you lived at odds so long.
But now, my lord, what say you to my suit?
CAPULET. But saying o'er what I have said before:
My child is yet a stranger in the world;
She hath not seen the change of fourteen years;
Let two more summers wither in their pride
Ere we may think her ripe to be a bride.

BENVOLIO. Beschwor sie der Enthaltsamkeit Gesetze?
ROMEO. Sie tat's, und dieser Geiz vergeudet Schätze.
Denn Schönheit, die der Lust sich streng enthält,
Bringt um ihr Erb' die ungeborne Welt.
Sie ist zu schon und weis', um Heil zu erben,
Weil sie, mit Weisheit schön, mich zwingt zu sterben.
Sie schwor zu lieben ab, und dies Gelübd'
Ist Tod für den, der lebt, nur weil er liebt.
BENVOLIO. Folg meinem Rat, vergiß an sie zu denken.
ROMEO. So lehre mir, das Denken zu vergessen.
BENVOLIO. Gib deinen Augen Freiheit, lenke sie
Auf andre Reize hin.
ROMEO.   Das ist der Weg,
Mir ihren Reiz in vollem Licht zu zeigen.
Die Schwärze jener neidenswerten Larven,
Die schöner Frauen Stirne küssen, bringt
Uns in den Sinn, daß sie das Schöne bergen.
Der, welchen Blindheit schlug, kann nie das Kleinod
Des eingebüßten Augenlichts vergessen.
Zeigt mir ein Weib, unübertroffen schön;
Mir gilt ihr Reiz wie eine Weisung nur,
Worin ich lese, wer sie übertrifft.
Leb wohl! Vergessen lehrest du mir nie.
BENVOLIO. Dein Schuldner sterb' ich, glückt mir nicht die Müh.
Beide ab.

SZENE II

EINE STRASSE

Capulet, Paris und ein Bedienter kommen.

CAPULET. Und Montague ist mit derselben Buße
Wie ich bedroht. Für Greise, wie wir sind,
Ist Frieden halten, denk' ich, nicht so schwer.
PARIS. Ihr geltet beid' als ehrenwerte Männer,
Und Jammer ist's um euren langen Zwiespalt.
Doch, edler Graf, wie dünkt euch mein Gesuch?
CAPULET. Es dünkt mich so, wie ich vorhin gesagt
Mein Kind ist noch ein Fremdling in der Welt,
Sie hat kaum vierzehn Jahre wechseln sehn.
Lasst noch zwei Sommer prangen und verschwinden,
Eh wir sie reif, um Braut zu werden, finden.

PARIS. Younger than she are happy mothers made.
CAPULET. And too soon marr'd are those so early made.
The earth hath swallow'd all my hopes but she,
She is the hopeful lady of my earth:
But woo her, gentle Paris, get her heart,
My will to her consent is but a part;
An she agree, within her scope of choice
Lies my consent and fair according voice.
This night I hold an old accustom'd feast,
Whereto I have invited many a guest,
Such as I love; and you, among the store,
One more, most welcome, makes my number more.
At my poor house look to behold this night
Earth-treading stars that make dark heaven light:
Such comfort as do lusty young men feel
When well-apparell'd April on the heel
Of limping winter treads, even such delight
Among fresh female buds shall you this night
Inherit at my house; hear all, all see,
And like her most whose merit most shall be:
Which on more view of, many — mine being one —
May stand in number, though in reckoning none.
Come, go with me. — Go, sirrah, trudge about
Through fair Verona; find those persons out
Whose names are written there, and to them say,
My house and welcome on their pleasure stay.
                    Exeunt Capulet and Paris.

SERVANT. Find them out whose names are written here! It is
written that the shoemaker should meddle with his yard, and the
tailor with his last, the fisher with his pencil, and the painter with
his nets; but I am sent to find those persons whose names are
here writ, and can never find what names the writing person hath
here writ. I must to the learned. In good time.

                    Enter Benvolio and Romeo.

BENVOLIO.
Tut, man, one fire burns out another's burning,
One pain is lessen'd by another's anguish;
Turn giddy, and be holp by backward turning;
One desperate grief cures with another's languish:

PARIS. Noch jüngre wurden oft beglückte Mütter.
CAPULET. Wer vor der Zeit beginnt, der endigt früh.
All' meine Hoffnungen verschlang die Erde;
Mir blieb nur dieses hoffnungsvolle Kind.
Doch werbt nur, lieber Graf ! Sucht euer Heil!
Mein Will' ist von dem ihren nur ein Teil.
Wenn sie aus Wahl in eure Bitten willigt,
So hab' ich im voraus ihr Wort gebilligt.
Ich gebe heut ein Fest, von Alters hergebracht,
Und lud darauf der Gäste viel zu Nacht,
Was meine Freunde sind: ihr, der dazu gehöret,
Sollt hoch willkommen sein, wenn ihr die Zahl vermehrt
In meinem armen Haus sollt ihr des Himmels Glanz
Heut Nacht verdunkelt sehn durch ird'scher Sterne Tanz.
Wie muntre Jünglinge mit neuem Mut sich freuen,
Wenn auf die Fersen nun der Fuß des holden Maien
Dem lahmen Winter tritt: die Lust steht euch bevor,
Warm euch in meinem Haus ein frischer Mädchenflor
Von jeder Seit' umgibt. Ihr hort, ihr seht sie alle,
Daß die am schönsten prangt, am meisten euch gefalle,
Dann mögt ihr in der Zahl auch meine Tochter sehn,
Sie zählt für Eine mit, gilt sie schon nicht für schön.
Kommt, geht mit mir — Du, Bursch', nimm dies Papier mit
Namen;
Trab' in der Stadt herum, such' alle Herrn und Damen,
So hier geschrieben stehn, und sag mit Höflichkeit:
Mein Haus und mein Empf ang steh' ihrem Dienst bereit.
Capulet und Paris gehen ab.
DER BEDIENTE. Die Leute soll ich suchen, wovon die Namen
hier geschrieben steh'n? Es steht geschrieben, der Schuster soll
sich um seine Elle kümmern, der Schneider um seinen Leis-
ten, der Fischer um seinen Pinsel, der Maler um seine Netze.
Aber mich schicken sie, um die Leute ausfindig zu machen,
wovon die Namen hier geschrieben steh'n, und ich kann doch
gar nicht ausfindig machen, was für Namen der Schreiber hier
aufgeschrieben hat. Ich muss zu den Gelehrten. - Wie gerufen!
Benvolio und Romeo kommen.
BENVOLIO.
Pah Freund! Ein Feuer brennt das andre nieder;
Ein Schmerz kann eines andern Qualen mindern.
Dreh' dich in Schwindel, hilf durch Dreh'n dir wieder;
Fühl' andres Leid, das wird dein Leiden lindern!

Take thou some new infection to thy eye,
And the rank poison of the old will die.
ROMEO. Your plantain leaf is excellent for that.
BENVOLIO. For what, I pray thee?
ROMEO.   For your broken shin.
BENVOLIO. Why, Romeo, art thou mad?
ROMEO. Not mad, but bound more than a madman is;
Shut up in prison, kept without my food,
Whipp'd and tormented, and — Good-den, good fellow.

SERVANT. God gi' good-den. I pray, sir, can you read?

ROMEO. Ay, mine own fortune in my misery.
SERVANT. Perhaps you have learned it without book: but, I pray,
can you read any thing you see?
ROMEO. Ay, if I know the letters and the language.
SERVANT. Ye say honestly, rest you merry!
ROMEO. Stay, fellow; I can read. *Reads.*
    Signior Martino and his wife and daughters;
    County Anselmo and his beauteous sisters;
    The lady widow of Vitruvio;
    Signior Placentio and his lovely nieces;
    Mercutio and his brother Valentine;
    Mine uncle Capulet, his wife and daughters;
    My fair niece Rosaline; Livia;
    Signior Valentio and his cousin Tybalt;
    Lucio and the lively Helena.
A fair assembly; whither should they come?
SERVANT. Up —
ROMEO. Whither?
SERVANT. To supper, to our house.
ROMEO. Whose house?
 SERVANT. My master's.
ROMEO. Indeed, I should have asked you that before.
SERVANT. Now I'll tell you without asking. My master is the
great rich Capulet; and if you be not of the house of Montagues,
I pray, come and crush a cup of wine. Rest you merry! *Exit.*

BENVOLIO. At this same ancient feast of Capulet's
Sups the fair Rosaline, whom thou so lovest,
With all the admired beauties of Verona:
Go thither; and with unattainted eye

Saug' in dein Auge neuen Zaubersaft,
So wird das Gift des alten fortgeschafft
ROMEO. Ein Blatt, vom Weg'rich dient dazu vortrefflich...
BENVOLIO. Ei, sag', wozu?
ROMEO.   Für dein geschundenes Bein.
BENVOLIO. Was, Romeo, bist du toll?
ROMEO. Nicht toll, doch mehr gebunden wie ein Toller,
Gesperrt in einen Kerker, ausgehungert,
Gegeißelt und geplagt, und — Guten Abend, Freund!
                    Zu dem Bedienten.
DER BEDIENTE. Gott grüß' euch, Herr! Ich bitt' euch, könnt
ihr lesen?
ROMEO. Ja wohl, in meinem Elend mein Geschick
DER BEDIENTE. Vielleicht habt ihr das auswendig gelernt,
Aber sagt: könnt ihr alles vom Blatte weglesen?
ROMEO. Ja freilich, wenn ich Schrift und Sprache kenne.
DER BEDIENTE. Ihr redet ehrlich. Gehabt euch wohl!
ROMEO. Wart! Ich kann lesen, Bursch. *Er liest das Verzeichnis.*
„Signor Martino und seine Frau und Tochter; Graf Anselm und
seine reizenden Schwestern; die verwitwete Freifrau von Vitruvio;
Signor Placentio und seine artigen Nichten; Mercutio und sein
Bruder Valentin; mein Oheim Capulet, seine Frau und Töchter;
meine schöne Nichte Rosalinde; Livia; Signor Valentio und sein
Vetter Tybalt; Lucio und die muntre Helena."
                    Gibt das Papier zurück.
Ein schöner Haufe! Wohin lädst du sie?

DER BEDIENTE. Hinauf.
ROMEO. Wohin?
DER BEDIENTE. Zum Abendessen in unser Haus.
ROMEO. Wessen Haus?
DER BEDIENTE. Meines Herrn.
ROMEO. Das hätt' ich freilich eher fragen sollen.
DER BEDIENTE. Nun will ich's euch ohne Fragen erklären.
Meine Herrschaft ist der große reiche Capulet, und wenn ihr
nicht vom Hause der Montagues seid, so bitt' ich euch, kommt,
stecht eine Flasche Wein mit aus. Gehabt euch wohl! *Geht ab.*
BENVOLIO. Auf diesem hergebrachten Gastgebot
Der Capulets speist deine Rosalinde
Mit allen Schönen, die Verona preist.
Geh hin, vergleich mit unbefangnem Auge

Compare her face with some that I shall show,
And I will make thee think thy swan a crow.
ROMEO. When the devout religion of mine eye
Maintains such falsehood, then turn tears to fires!
And these, who often drown'd could never die,
Transparent heretics, be burnt for liars!
One fairer than my love! the all-seeing sun
Ne'er saw her match since first the world begun.
BENVOLIO. Tut, you saw her fair, none else being by,
Herself poised with herself in either eye;
But in that crystal scales let there be weigh'd
Your lady's love against some other maid
That I will show you shining at this feast,
And she shall scant show well that now seems best
ROMEO. I'll go along, no such sight to be shown,
But to rejoice in splendour of mine own.

Exeunt.

SCENE III

THE SAME. A ROOM IN CAPULET'S HOUSE

Enter Lady Capulet and Nurse.

LADY CAPULET. Nurse, where's my daughter? call her forth to me.
NURSE. Now, by my maidenhead at twelve year old,
I bade her come. — What, lamb! what, lady-bird! —
God forbid! - Where's this girl? - What, Juliet!

Enter Juliet.

JULIET. How now! who calls?
NURSE.   Your mother.
JULIET.   Madam, I am here.
What is your will?
LADY CAPULET. This is the matter. — Nurse, give leave awhile,
We must talk in secret: — nurse, come back again;
I have remember'd me, thou's hear our counsel.
Thou know'st my daughter's of a pretty age.

NURSE. Faith, I can tell her age unto an hour.
LADY CAPULET. She's not fourteen.
NURSE.   I'll lay fourteen of my teeth, —
And yet, to my teen be it spoken, I have but four, —
She is not fourteen. How long is it now
To Lammas-tide?

Die andern, die du sehen sollst, mit ihr.
Was gilt's? Dein Schwan dünkt eine Krähe dir.
ROMEO. Hohnt meiner Augen frommer Glaube je
Die Wahrheit so: dann, Tränen, werdet Flammen!
Und *ihr*, umsonst ertränkt in manchem See,
Mag eure Lüg' als Ketzer euch verdammen.
Ein schönres Weib als sie? Seit Welten stehn,
Hat die allsehnde Sonn' es nicht gesehn.
BENVOLIO. Ja, ja! du sahst sie schön, doch in Gesellschaft nie;
Du wogst nur mit sich selbst in jedem Auge sie.
Doch leg einmal zugleich in die krystallnen Schalen
Der Jugendreize Bild, wovon auch andre strahlen,
Die ich dir zeigen will bei diesem Fest vereint:
Kaum leidlich scheint dir dann, was jetzt ein Wunder scheint.
ROMEO. Gut, ich begleite dich; nicht um des Schauspiels Freuden:
An meiner Göttin Glanz will ich allein mich weiden.
Beide ab.

SZENE III

EIN ZIMMER IN CAPULETS HAUSE

Gräfin Capulet und die Wärterin.

GRÄFIN CAPULET. Ruft meine Tochter her: wo ist sie, Amme?
WÄRTERIN. Bei meiner Jungferschaft im zwölften Jahr,
Ich rief sie schon. — He, Lämmchen! zartes Täubchen!
Daß Gott! wo ist das Kind? he, Juliette!
Julia kommt.
JULIA. Was ist? Wer ruft mich?
WÄRTERIN. Eure Mutter.
JULIA. Hier bin ich, gnäd'ge Mutter! Was beliebt?

GRÄFIN. Die Sach' ist diese: — Amme, geh bei Seit',
Wir mussen heimlich sprechen. Amme, komm
Nur wieder her, ich habe mich besonnen;
Ich will dich mit zur Überlegung ziehn.
Du weißt, mein Kind hat schon ein hübsches Alter.
WÄRTERIN. Das zähl' ich, meiner Treu, am Finger her.
GRÄFIN CAPULET. Sie ist nicht vierzehn Jahre.
WÄRTERIN. Ich wette vierzehn meiner Zähne drauf —
Zwar hab' ich nur vier Zähn', ich arme Frau —
Sie ist noch nicht vierzehn. Wie lang ist's bis Johannis?

LADY CAPULET.   A fortnight and odd days.
NURSE. Even or odd, of all days in the year,
Come Lammas-eve at night shall she be fourteen.
Susan and she — God rest all Christian souls! —
Were of an age: well, Susan is with God;
She was too good for me: — but, as I said,
On Lammas-eve at night shall she be fourteen;
That shall she, marry; I remember it well.
'Tis since the earthquake now eleven years;
And she was wean'd — I never shall forget it —
Of all the days of the year, upon that day:
For I had men laid wormwood to my dug,
Sitting in the sun under the dove-house wall;
My lord and you were then at Mantua: —
Nay, I do bear a brain: — but, as I said,
When it did taste the wormwood on the nipple
Of my dug, and felt it bitter, pretty fool,
To see it tetchy and fall out with the dug!
"Shake," quoth the dove-house: 'twas no need, I trow,
To bid me trudge.
And since that time it is eleven years;
For men she could stand high-lone; nay, by the rood,
She could have run and waddled all about;
For even the day before, she broke her brow:
And then my husband — God be with his soul!
A' was a merry man — took up the child:
"Yea," quoth he, "dost thou fall upon thy face?
Thou wilt fall backward when thou hast more wit;
Wilt thou not, Jule?" and, by my holidame,
The pretty wretch left crying, and said "Ay".
To see now how a jest shall come about!
I warrant, an I should live a thousand years,
I never should forget it: "Wilt thou not, Jule?" quoth he;
And, pretty fool, it stinted and said "Ay".

LADY CAPULET. Enough of this; I pray thee, hold thy peace.
NURSE. Yes, madam: yet I cannot choose but laugh,
To think it should leave crying, and say "Ay":
And yet, I warrant, it had upon its brow
A bump as big as a young cockerel's stone;
A perilous knock; and it cried bitterly:
"Yea," quoth my husband, "fall'st upon thy face?

GRÄFIN CAPULET. Ein vierzehn Tag' und drüber.
WÄRTERIN. Nun, drüber oder drunter. Just den Tag,
Johannistag zu Abend, wird sie vierzehn.
Suschen und sie — Gott gebe jedem Christen
Das ew'ge Leben! — waren eines Alters,
Nun, Suschen ist bei Gott:
Sie war zu gut für mich. Doch, wie ich sagte,
Johannistag zu Abend wird sie vierzehn.
Das wird sie, meiner Treu; ich weiß es recht gut
Elf Jahr ist's her, seit wir's Erdbeben hatten:
Und ich entwöhnte sie (mein Leben lang
Vergess' ich's nicht) just auf denselben Tag.
Ich hatte Wermuth auf die Brust gelegt,
Und saß am Taubenschlage in der Sonne;
Die gnäd'ge Herrschaft war zu Mantua.
(Ja, ja ich habe Grütz' im Kopf!) Nun, wie ich sagte:
Als es den Wermuth auf der Warze schmeckte,
Und fand ihn bitter, närr'sches kleines Ding,
Wie's böse ward, und zog der Brust ein G'sicht!
Krach! sagt der Taubenschlag; und ich, fürwahr,
Ich wußte nicht, wie ich mich tummeln sollte.
Und seit der Zeit ist's nun elf Jahre her.
Denn damals stand sie schon allein; mein Treu,
Sie lief und watschelt' euch schon flink herum.
Denn Tags zuvor fiel sie die Stirn entzwei,
Und da hob sie mein Mann — Gott hab' ihn selig!
Er war ein lust'ger Mann — vom Boden auf.
Ei, sagt' er, fallst du so auf dein Gesicht?
Wirst rücklings fallen, wenn du klüger bist.
Nicht wahr, mein Kind? Und, liebe heil'ge Frau!
Das Mädchen schrie nicht mehr, und sagte: Ja.
Da seh' man, wie so'n Spaß zum Vorschein kommt!
Und lebt' ich tausend Jahre lang, ich wette,
Daß ich es nie vergäß'. Nicht wahr, mein Kind? sagt' er,
Und's liebe Närrchen ward still, und sagte: Ja.
GRÄFIN CAPULET. Genug davon, ich bitte, halt dich ruhig.
WÄRTERIN. Ja, gnäd'ge Frau. Doch lächert's mich noch immer,
Wie's Kind sein Schreien ließ, und sagte: Ja.
Und saß ihm, meiner Treu, doch eine Beule,
So dick wie 'n Hühnerei, auf seiner Stirn.
Recht g'fährlich dick! und es schrie bitterlich.
Mein Mann, der sagte: Ei, fällst aufs Gesicht?

Thou wilt fall backward when them comest to age;
Wilt thou not, Jule?" it stinted and said "Ay".
JULIET. And stint thou too, I pray thee, nurse, say I.
NURSE. Peace, I have done. God mark thee to his grace!
Thou wast the prettiest babe that e'er I nursed:
An I might live to see thee married once,
I have my wish.
LADY CAPULET. Marry, that "marry" is the very theme
I come to talk of. Tell me, daughter Juliet,
How stands your disposition to be married?
JULIET. It is an honour that I dream not of.
NURSE. An honour! were not I thine only nurse,
I would say thou hadst suck'd wisdom from thy teat.

LADY CAPULET. Well, think of marriage now; younger than you,
Here in Verona, ladies of esteem,
Are made already mothers. By my count,
I was your mother much upon these years
That you are now a maid. Thus then in brief;
The valiant Paris seeks you for his love.
NURSE. A man, young lady! lady, such a man
As all the world — why, he's a man of wax.
LADY CAPULET. Verona's summer hath not such a flower.
NURSE. Nay, he's a flower; in faith, a very flower.
LADY CAPULET. What say you? can you love the gentleman?
This night you shall behold him at our feast:
Read o'er the volume of young Paris' face,
And find delight writ there with beauty's pen;
Examine every married lineament,
And see how one another lends content;
And what obscured in this fair volume lies
Find written in the margent of his eyes.
This precious book of love, this unbound lover,
To beautify him, only lacks a cover:
The fish lives in the sea; and 'tis much pride
For fair without the fair within to hide:
That book in many's eyes doth share the glory,
That in gold clasps locks in the golden story:
So shall you share all that he doth possess,
By having him making yourself no less.
NURSE. No less! nay, bigger: women grow by men.

Wirst rücklings fallen, wenn du älter bist

Nicht wahr, mein Kind? still ward's, und sagte: Ja.

JULIA. Ich bitt' dich, Amme, sei doch auch nur still

WÄRTERIN. Gut, ich bin fertig. Gott behüte dich!

Du warst das feinste Püppchen, das ich saugte.

Erleb' ich deine Hochzeit noch einmal,

So wünsch' ich weiter nichts.

GRÄFIN CAPULET. Die Hochzeit, ja! das ist der Punkt, von dem

Ich sprechen wollte. Sag mir, liebe Tochter,

Wie steht's mit deiner Lust, dich zu vermählen?

JULIA. Ich träumte nie von dieser Ehre noch.

WÄRTERIN. Ein' Ehre! Hättest du eine andre Amme

Als mich gehabt, so wollt' ich sagen, Kind,

Du habest Weisheit mit der Milch gesogen.

GRÄFIN CAPULET. Gut, denke jetzt dran; jünger noch als du

Sind angesehne Fraun hier in Verona

Schon Mütter worden. Ist mir recht, so war

Ich deine Mutter in demselben Alter,

Wo du noch Mädchen bist. Mit *einem* Wort:

Der junge Paris wirbt um deine Hand.

WÄRTERIN. Das ist ein Mann, mein Fräulein! Solch ein Mann

Als alle Welt — ein wahrer Zuckermann!

GRÄFIN CAPULET. Die schönste Blume von Veronas Flor.

WÄRTERIN. Ach ja, 'ne Blume! Gelt, 'ne rechte Blume!

GRÄFIN CAPULET. Was sagst du? Wie gefällt dir dieser Mann?

Heut abend siehst du ihn bei unserm Fest

Dann lies im Buche seines Angesichts,

In das der Schönheit Griffel Wonne schrieb;

Betrachte seiner Züge Lieblichkeit,

Wie jeglicher dem andern Zierde leiht

Was dunkel in dem holden Buch geblieben,

Das lies in seinem Aug am Rand geschrieben.

Und dieses Freiers ungebundner Stand,

Dies Buch der Liebe braucht nur einen Band.

Der Fisch lebt in der See, und doppelt teuer

Wird äußres Schön, als innrer Schönheit Schleier.

Das Buch glänzt allermeist im Aug der Welt,

Das goldne Lehr' in goldnen Spangen hält.

So wirst du alles, was er hat, genießen,

Wenn du ihn hast, ohn' etwas einzubüßen.

WÄRTERIN. Einbüßen? Nein, zunehmen wird sie eher;

Die Weiber nehmen oft durch Männer zu.

LADY CAPULET. Speak briefly, can you like of Paris' love?
JULIET. I'll look to like, if looking liking move;
But no more deep will I endart mine eye
Than your consent gives strength to make it fly.
Enter a Servant.
SERVANT. Madam, the guests are come, supper served up, you
called, my young lady asked for, the nurse cursed in the pantry,
and every thing in extremity. I must hence to wait; I beseech you,
follow straight.

LADY CAPULET.
We follow thee. *Exit Servant.* — Juliet, the County stays.
NURSE. Go, girl, seek happy nights to happy days. *Exeunt.*

SCENE IV

THE SAME. A STREET

Enter Romeo, Mercutio, Benvolio, with five or six other Maskers, Torch-bearers, and others.

ROMEO. What, shall this speech be spoke for our excuse,
Or shall we on without apology?
BENVOLIO. The date is out of such prolixity:
We'll have no Cupid hoodwink'd with a scarf,
Bearing a Tartar's painted bow of lath,
Scaring the ladies like a crow-keeper;
Nor no without-book prologue, faintly spoke
After the prompter, for our entrance:
But, let them measure us by what they will,
We'll measure them a measure, and be gone.
ROMEO. Give me a torch: I am not for this ambling;
Being but heavy, I will bear the light.
MERCUTIO. Nay, gentle Romeo, we must have you dance.
ROMEO. Not I, believe me: you have dancing shoes
With nimble soles; I have a soul of lead
So stakes me to the ground I cannot move.
MERCUTIO. You are a lover; borrow Cupid's wings,
And soar with them above a common bound.
ROMEO. I am too sore enpierced with his shaft
To soar with his light feathers; and so bound,
I cannot bound a pitch above dull woe:
Under love's heavy burden do I sink.

GRÄFIN CAPULET. Sag kurz: fühlst du dem Grafen dich geneigt?
JULIA. Gern will ich sehn, ob Sehen Neigung zeugt.
Doch weiter soll mein Blick den Flug nicht wagen,
Als ihn die Schwingen eures Beifalls tragen.

Ein Bedienter kommt.

DER BEDIENTE. Gnädige Frau, die Gäste sind da, das Abendessen auf dem Tisch, ihr werdet gerufen, das Fräulein gesucht,
die Amme in der Speisekammer zum Henker gewünscht, und
alles geht drunter und drüber. Ich muß fort, aufwarten: ich bitte
euch, kommt unverzüglich.
GRÄFIN CAPULET.
Gleich! — Paris wartet. Julia, komm geschwind!
WÄRTERIN. Such frohe Nächt' auf frohe Tage, Kind! *Ab.*

SZENE IV

EINE STRASSE

Romeo, Mercutio, Benvolio, mit fünf oder sechs Masken, Fackelträgern und
andern.

ROMEO. Soll diese Red' uns zur Entschuld'gung dienen?
Wie? oder treten wir nur grad hinein?
BENVOLIO. Umschweife solcher Art sind nicht mehr Sitte.
Wir wollen keinen Amor, mit der Schärpe
Geblendet, der den buntbemalten Bogen
Wie ein Tatar, geschnitzt aus Latten, trägt,
Und wie ein Vogelscheu die Frauen schreckt;
Auch keinen hergebeteten Prolog,
Wobei viel zugeblasen wird, zum Eintritt.
Laßt sie uns nur, wofür sie wollen, nehmen,
Wir nehmen ein paar Tänze mit, und gehn.
ROMEO. Ich mag nicht springen; gebt mir eine Fackel!
Da ich so finster bin, so will ich leuchten.
MERCUTIO. Nein, du mußt tanzen, lieber Romeo.
ROMEO. Ich wahrlich nicht. Ihr seid so leicht von Sinn
Als leicht beschuht: mich drückt ein Herz von Blei
Zu Boden, das ich kaum mich regen kann.
MERCUTIO. Ihr seid ein Liebender: borgt Amors Flügel,
Und schwebet frei in ungewohnten Höhn.
ROMEO. Ich bin zu tief von seinem Pfeil durchbohrt,
Auf seinen leichten Schwingen hoch zu schweben.
Gewohnte Fesseln lassen mich nicht frei;
Ich sinke unter schwerer Liebeslast.

MERCUTIO. And, to sink in it, should you burden love;
Too great oppression for a tender thing.
ROMEO. Is love a tender thing? it is too rough,
Too rude, too boisterous; and it pricks like thorn.
MERCUTIO. If love be rough with you, be rough with love;
Pride love for pricking, and you beat love down.
Give me a case to put my visage in:
A visor for a visor! what care I
What curious eye doth quote deformities?
Here are the beetle-brows shall blush for me.

BENVOLIO.
Come, knock and enter: and no sooner in
But every man betake him to his legs.
ROMEO. A torch for me: let wantons, light of heart,
Tickle the senseless rushes with their heels;
For I am proverb'd with a grandsire phrase;
I'll be a candle-holder, and look on.
The game was ne'er so fair, and I am done.
MERCUTIO. Tut, dun's the mouse, the constable's own word:
If thou art Dun, we'll draw thee from the mire,
Or, save your reverence, love, wherein thou stick'st
Up to the ears. Come, we burn daylight, ho!
ROMEO. Nay, that's not so.
MERCUTIO.   I mean, sir, in delay
We waste our lights in vain, light lights by day.
Take our good meaning, for our judgment sits
Five times in that ere once in our five wits.
ROMEO. And we mean well in going to this mask;
But 'tis no wit to go.
MERCUTIO.   Why, may one ask?
ROMEO. I dreamt a dream to-night
MERCUTIO.   And so did I.
ROMEO. Well, what was yours?
MERCUTIO.   That dreamers often lie.

ROMEO. In bed asleep, while they do dream things true.

MERCUTIO. O, then I see Queen Mab hath been with you.
She is the fairies' midwife, and she comes

MERCUTIO. Und wolltet ihr denn in die Liebe sinken?
Ihr seid zu schwer für ein so zartes Ding.
ROMEO. Ist lieb' ein zartes Ding? Sie ist zu rauh,
Zu wild, zu tobend; und sie sticht wie Dorn.
MERCUTIO. Begegnet Lieb' euch rauh, so tut desgleichen!
Stecht Liebe, wenn sie sticht: das schlägt sie nieder.
Zu einem aus dem Gefolge.
Gebt ein Gehäuse für mein Antlitz mir:
'ne Larve für 'ne Larve! *Bindet die Maske vor.*
                                        Nun erspähe
Die Neugier Mißgestalt: was kümmert's mich?
Erröten wird für mich dies Wachsgesicht.
BENVOLIO.
Fort! Klopft, and dann hinein! Und sind wir drinnen,
So rühre gleich ein jeder flink die Beine!
ROMEO. Mir eine Fackel! Leichtgeherzte Buben,
Die laßt das Estrich mit den Sohlen kitzeln.
Ich habe mich verbrämt mit einem alten
Großvaterspruch: Wers Licht hält, schauet zu!
Nie war das Spiel so schön; doch ich bin matt.
MERCUTIO. Ja wohl zu matt, dich aus dem Schlamme — nein,
Der Liebe wollt' ich sagen — dich zu ziehn,
Worin du leider steckst bis an die Ohren.
Macht fort! wir leuchten ja bei dem Tage hier.
ROMEO. Das tun wir nicht.
MERCUTIO.   Ich meine, wir verscherzen,
Wie Licht bei Tag, durch Zögern unsre Kerzen.
Nehmt meine Meinung nach dem guten Sinn,
Und sucht nicht Spiele des Verstandes drin.
ROMEO. Wir meinen's gut, da wir zum Balle gehen,
Doch es *ist* Unverstand.
MERCUTIO.   Wie? laßt doch sehen!
ROMEO. Ich hatte diese Nacht 'nen Traum.
MERCUTIO.   Auch ich.
ROMEO. Was war der eure?
MERCUTIO.   Daß auf Träume sich
Nichts bauen läßt, daß Träumer öfters lügen.
ROMEO. Sie träumen Wahres, weil sie schlafend liegen.
MERCUTIO. Nun seh' ich wohl, Frau Mab hat euch besucht.
ROMEO. Frau Mab, wer ist sie?
MERCUTIO. Sie ist der Feenwelt Entbinderin.
Sie kommt, nicht größer als der Edelstein

In shape no bigger than an agate-stone
On the forefinger of an alderman,
Drawn with a team of little atomies
Athwart men's noses as they lie asleep:
Her waggon-spokes made of long spinners' legs;
The cover, of the wings of grasshoppers;
Her traces, of the smallest spider's web;
Her collars, of the moonshine's watery beams;
Her whip, of cricket's bone; the lash, of film;
Her waggoner, a small grey-coated gnat,
Not half so big as a round little worm
Prick'd from the lazy finger of a maid:
Her chariot is an empty hazel-nut,
Made by the joiner squirrel or old grub,
Time out o' mind the fairies' coach-makers.
And in this state she gallops night by night
Through lovers' brains, and then they dream of love;
O'er courtiers' knees, that dream on court'sies straight;
O'er lawyers' fingers, who straight dream on fees;
O'er ladies' lips, who straight on kisses dream,
Which oft the angry Mab with blisters plagues,
Because their breaths with sweetmeats tainted are:
Sometime she gallops o'er a courtier's nose,
And then dreams he of smelling out a suit;
And sometime comes she with a tithe-pig's tail
Tickling a parson's nose as a' lies asleep,
Then dreams he of another benefice;
Sometime she driveth o'er a soldier's neck,
And then dreams he of cutting foreign throats,
Of breaches, ambuscadoes, Spanish blades,
Of healths five fathom deep; and then anon
Drums in his ear, at which he starts and wakes,
And, being thus frighted, swears a prayer or two,
And sleeps again. This is that very Mab
That plats the manes of horses in the night,
And bakes the elf-locks in foul sluttish hairs,
Which once untangled much misfortune bodes;
This is the hag, when maids lie on their backs,
That presses them and learns them first to bear,
Making them women of good carriage;
This is she -

Am Zeigefinger eines Aldermanns,
Und fährt mit ´nem Gespann von Sonnenstäubchen
Den Schlafenden quer auf der Nase hin.
Die Speichen sind gemacht aus Spinnenbeinen,
Des Wagens Deck' aus eines Heupferds Flügeln,
Aus feinem Spinngewebe das Geschirr,
Die Zügel aus des Mondes feuchtem Strahl;
Aus Heimchenknochen ist der Peitsche Griff,
Die Schnur aus Fasern; eine kleine Mücke
Im grauen Mantel sitzt als Fuhrmann vorn,
Nicht halb so groß als wie ein kleines Würmchen,
Das in des Mädchens müß'gem Finger nistet.
Die Kutsch' ist eine hohle Haselnuß,
Vom Tischler Eichhorn oder Meister Wurm
Zurechtgemacht, die seit uralten Zeiten
Der Feen Wagner sind. In diesem Staat
Trabt sie dann Nacht für Nacht; befährt das Hirn
Verliebter, und sie träumen dann von Liebe;
Des Schranzen Knie, der schnell von Reverenzen,
Des Anwalts Finger, der von Sporteln gleich,
Der Schönen Lippen, die von Küssen träumen.
(Oft plagt die böse Mab mit Bläschen diese,
Weil ihren Odem Näscherei verdarb.)
Bald trabt sie über eines Hofmanns Nase,
Dann wittert er im Traum sich Ämter aus.
Bald kitzelt sie mit eines Zinshahns Federn
Des Pfarrers Nase, wenn er schlafend liegt:
Von einer bessern Pfründe träumt ihm dann.
Bald fährt sie über des Soldaten Nacken:
Der träumt sofort von Niedersäbeln, träumt
Von Breschen, Hinterhalten, Damaszenern,
Von manchem klaftertiefen Ehrentrunk;
Nun trommelt's ihm ins Ohr; da fährt er auf,
Und flucht in seinem Schreck ein paar Gebete,
Und schläft von neuem. Eben diese Mab
Verwirrt der Pferde Mähnen in der Nacht,
Und flicht in strupp'ges Haar die Weichselzöpfe,
Die, wiederum entwirrt, auf Unglück deuten.
Dies ist die Hexe, welche Mädchen drückt,
Die auf dem Rücken ruhn, und ihnen lehrt,
Als Weiber einst die Männer zu ertragen.
Dies ist sie —

ROMEO.   Peace, peace, Mercutio, peace!
Thou talk'st of nothing.
MERCUTIO.   True, I talk of dreams,
Which are the children of an idle brain,
Begot of nothing but vain fantasy,
Which is as thin of substance as the air,
And more inconstant than the wind, who wooes
Even now the frozen bosom of the north,
And, being anger'd, puffs away from thence,
Turning his face to the dew-dropping south.
BENVOLIO.
This wind you talk of blows us from ourselves;
Supper is done, and we shall come too late.
ROMEO. I fear, too early: for my mind misgives
Some consequence, yet hanging in the stars,
Shall bitterly begin his fearful date
With this night's revels, and expire the term
Of a despised life closed in my breast
By some vile forfeit of untimely death:
But He, that hath the steerage of my course,
Direct my sail! On, lusty gentlemen.
BENVOLIO. Strike, drum. *Exeunt.*

SCENE V

THE SAME. A HALL IN CAPULET'S HOUSE

Musicians waiting. Enter Sewingmen with napkins.

FIRST SERVANT. Where's Potpan, that he helps not to take
away? He shift a trencher! he scrape a trencher!
SECOND SERVANT. When good manners shall lie all in one or
two men's hands, and they unwashed too, 'tis a foul thing.

FIRST SERVANT. Away with the joint-stools, remove the
court-cupboard, look to the plate. Good thou, save me a piece
of marchpane; and, as thou lovest me, let the porter let in Susan
Grindstone and Nell. — Antony! and Potpan!

THIRD SERVANT. Aye, boy, ready.
FIRST SERVANT. You are looked for and called for, asked for
and sought for, in the great chamber.

ROMEO.   Still, o still, Mercutio!
Du sprichst von einem Nichts.
MERCUTIO.   Wohl wahr, ich rede
Von Träumen, Kindern eines müß'gen Hirns,
Von nichts als eitler Phantasie erzeugt,
Die aus so dünnem Stoff als Luft besteht,
Und flücht'ger wechselt, als der Wind, der bald
Um die erfrorne Brust des Nordens buhlt,
Und schnell erzürnt, hinweg von dannen schnaubend,
Die Stirn zum taubeträuften Süden kehrt.
BENVOLIO.
Der Wind, von dem ihr sprecht, entführt uns selbst
Man hat gespeist; wir kommen schon zu spät.
ROMEO. Zu früh, befürcht' ich; denn mein Herz erbangt,
Und ahnet ein Verhängnis, welches, noch
Verborgen in den Sternen, heute nacht
Bei dieser Lustbarkeit den furchtbarn Zeitlauf
Beginnen, und das Ziel des läst'gen Lebens,
Das meine Brust verschließt, mir kürzen wird
Durch irgend einen Frevel frühen Todes.
Doch er, der mir zur Fahrt das Steuer lenkt,
Richt' auch mein Segel! — Auf, ihr lust'gen Freunde!
BENVOLIO. Rührt Trommeln! *Gehen ab.*

SZENE V

EIN SAAL IN CAPULETS HAUSE

Musikanten. Bediente kommen.

ERSTER BEDIENTE. Wo ist Schmorpfanne, daß er nicht abräumen hilft? Ja, der und Teller wechseln, der und Teller abkratzen!
ZWEITER BEDIENTE. Wenn die gute Lebensart in eines oder zweier Menschen Händen sein soll, die noch obendrein ungewaschen sind, 's ist ein unsaubrer Handel.
ERSTER BEDIENTE. Die Klappstühle fort! Rückt den Schenktisch beiseit! Seht nach dem Silberzeuge! Kamerad, heb mir ein Stück Marzipan auf, und wo du mich lieb hast, sag dem Pförtner, daß er Suse Mühlstein und Lene hereinläßt. Anton! Schmorpfanne!
Andre Bediente kommen.
BEDIENTE. Hier, Bursch, wir sind parat.
ERSTER BEDIENTE. Im großen Saale verlangt man euch, vermißt man euch, sucht man euch.

FOURTH SERVANT. We cannot be here and there too. —
Cheerly, boys; be brisk awhile, and the longer liver take all.
They retire behind.

Enter Capulet, with Juliet and others of his house, meeting the Guests and Maskers.

CAPULET. Welcome, gentlemen! ladies that have their toes
Unplagued with corns will have a bout with you: —
Ah ha, my mistresses! which of you all
Will now deny to dance? she that makes dainty,
She, I'll swear, hath corns; am I come near ye now? —
Welcome, gentlemen! I have seen the day
That I have worn a visor, and could tell
A whispering tale in a fair lady's ear,
Such as would please; 'tis gone, 'tis gone, 'tis gone: -
You are welcome, gentlemen! — Come, musicians, play. —
A hall, a hall I give room, and foot it, girls. —

Music plays, and they dance.

More light, you knaves! and turn the tables up,
And quench the fire, the room is grown too hot. —
Ah, sirrah, this unlook'd-for sport comes well. —
Nay, sit, nay, sit, good cousin Capulet,
For you and I are past our dancing days;
How long is 't now since last yourself and I
Were in a mask?
SECOND CAPULET. By 'r Lady, thirty years.
CAPULET. What, man! 'tis not so much, 'tis not so much:
'Tis since the nuptial of Lucentio,
Come Pentecost as quickly as it will,
Some five-and-twenty years; and then we mask'd.
SECOND CAPULET. 'Tis more, 'tis more: his son is elder, sir;
His son is thirty,

CAPULET.   Will you tell me that?
His sort was but a ward two years ago.
ROMEO. What lady is that which doth enrich the hand
Of yonder knight?

SERVANT.   I know not, sir.
ROMEO. O, she doth teach the torches to burn bright!
It seems she hangs upon the cheek of night

BEDIENTE. Wir können nicht zugleich hier und dort sein. —
Lustig, Kerle! haltet euch brav: wer am langsten lebt, kriegt den
ganzen Bettel.

Sie ziehen sich in den Hintergrund zurück.

Capulet usw. mit den Gästen und Masken.

CAPULET. Willkommen, meine Herrn! Wenn eure Füße
Kein Leichdorn plagt, ihr Damen, flink ans Werk!
He, he, ihr schönen Frauen! wer von euch allen
Schlägt's nun wohl ab zu tanzen? Ziert sich eine, die,
Ich wette, die hat Hühneraugen. Nun,
Hab' ich's euch nahgelegt? Ihr Herrn, willkommen!
Ich weiß die Zeit, da ich 'ne Larve trug,
Und einer Schönen eine Weis' ins Ohr
Zu flüstern wußte, die ihr wohlgefiel.
Das ist vorbei, vorbei! Willkommen, Herren!
Kommt, Musikanten, spielt! Macht Platz da, Platz!
Ihr Mädchen, frisch gesprungen!

Musik und Tanz. Zu den Bedienten.

Mehr Licht, ihr Schurken, und beiseit die Tische!
Das Feuer weg! Das Zimmer ist zu heiß. —
Ha, recht gelegen kommt der unverhoffte Spaß.
Na, setzt euch, setzt euch, Vetter Capulet!
Wir beide sind ja übers Tanzen hin.
Wie lang ist's jetzo, seit wir uns zuletzt
In Larven steckten?
ZWEITER CAPULET. Dreißig Jahr, mein' Seel.
CAPULET. Wie, Schatz? So lang noch nicht, so lang noch nicht.
Denn seit der Hochzeit des Lucentio
Ist's etwa fünf und zwanzig Jahr, sobald
Wir Pfingsten haben; und da tanzten wir.
ZWEITER CAPULET.
's ist mehr, 's ist mehr! Sein Sohn ist alter, Herr.
Sein Sohn ist dreißig.
CAPULET.   Sagt mir das doch nicht!
Sein Sohn war noch nicht mündig vor zwei Jahren.
ROMEO *zu einent Bedienten aus seinem Gefolge.*
Wer ist das Fräulein, welche dort den Ritter
Mit ihrer Hand beehrt?
DER BEDIENTE.   Ich weiß nicht, Herr.
ROMEO. O, sie nur lehrt den Kerzen, hell zu glühn!
Wie in dem Ohr des Mohren ein Rubin,

Like a rich jewel in an Ethiop's ear;
Beauty too rich for use, for earth too dear!
So shows a snowy dove trooping with crows,
As yonder lady o'er her fellows shows.
The measure done, I'll watch her place of stand,
And, touching hers, make blessed my rude hand.
Did my heart love till now? forswear it, sight!
For I ne'er saw true beauty till this night.
TYBALT. This, by his voice, should be a Montague. —
Fetch me my rapier, boy. — What! dares the slave
Come hither, cover'd with an antic face,
To fleer and scorn at our solemnity?
Now, by the stock and honour of my kin,
To strike him dead I hold it not a sin.
CAPULET. Why, how now, kinsman! wherefore storm you so?
TYBALT. Uncle, this is a Montague, our foe;
A villain that is hither come in spite,
To scorn at our solemnity this night.
CAPULET. Young Romeo is it?
TYBALT.   'Tis he, that villain Romeo.
CAPULET. Content thee, gentle coz, let him alone,
He bears him like a portly gentleman;
And, to say truth, Verona brags of him
To be a virtuous and well-govern'd youth:
I would not for the wealth of all this town
Here in my house do him disparagement;
Therefore be patient, take no note of him:
It is my will, the which if thou respect,
Show a fair presence and put off these frowns,
An ill-beseeming semblance for a feast.
TYBALT. It fits, when such a villain is a guest:
I 'll not endure him.
CAPULET. He shall be endured:
What, goodman boy! I say he shall: go to;
Am I the master here, or you? go to.
You 'll not endure him! God shall mend my soul,
You 'll make a mutiny among my guests!
You will set cock-a-hoop! you 'll be the man!
TYBALT. Why, uncle, 'tis a shame.
CAPULET.   Go to, go to;
You are a saucy boy: is 't so indeed?

So hängt der Holden Schönheit an den Wangen
Per Nacht; zu hoch, zu himmlisch dem Verlangen.
Sie stellt sich unter den Gespielen dar,
Als weiße Taub' in einer Krähenschar.
Schließt sich der Tanz, so nah' ich ihr: ein Drücken
Der zarten Hand soll meine Hand beglücken.
Liebt' ich wohl je? Nein, schwor es ab, Gesicht!
Du sahst bis jetzt noch wahre Schönheit nicht.
TYBALT. Nach seiner Stimm' ist dies ein Montague.
                    Zu einem Bedienten.
Hol meinen Degen, Bursch. — Was? wagt der Schurk',
Vermummt in eine Fratze herzukommen,
Zu Hohn und Schimpfe gegen unser Fest?
Fürwahr, bei meines Stammes Ruhm und Adel!
Wer tot ihn schlüg', verdiente keinen Tadel.
CAPULET. Was habt ihr, Vetter? Welch ein Sturm? Wozu?
TYBALT. Seht, Oheim! der da ist ein Montague.
Der Schurke drängt sich unter eure Gäste,
Und macht sich einen Spott an diesem Feste.
CAPULET. Ist es der junge Romeo?
TYBALT. Der Schurke Romeo.
CAPULET. Seid ruhig, Herzensvetter! Laßt ihn gehen!
Er hält sich wie ein wackrer Edelmann,
Und in der Tat, Verona preiset ihn
Als einen sitt'gen tugendsamen Jüngling.
Ich möchte nicht für alles Gut der Stadt
In meinem Haus' ihm einen Unglimpf tun.
Drum seid geduldig; merket nicht auf ihn.
Das ist mein Will', und wenn du diesen ehrst,
So zeig dich freundlich, streif die Runzeln weg,
Die übel sich bei einem Feste ziemen.
TYBALT. Kommt solch ein Schurk' als Gast, so stehn sie wohl.
Ich leid' ihn nicht.
CAPULET.   Er *soll* gelitten werden,
Er soll! — Herr Junge, hört er das? Nur zu!
Wer ist hier Herr? Er oder ich? Nur zu!
So? will er ihn nicht leiden? — Helf mir Gott!
Will Hader unter meinen Gästen stiften?
Spielst dich hier auf und hast das große Wort!
TYBALT. Ist's nicht `ne Schande, Oheim?
CAPULET.   Zu! Nur zu!
Ihr seid ein kecker Bursch. Ei, seht mir doch!

This trick may chance to scathe you, — I know what:
You must contrary me! marry, 'tis time. —
Well said, my hearts! — You are a princox; go:
Be quiet, or — More light, more light! — For shame!
I'll make you quiet. — What! cheerly, my hearts!
TYBALT. Patience perforce with wilful choler meeting
Makes my flesh tremble in their different greeting.
I will withdraw: but this intrusion shall,
Now seeming sweet, convert to bitter gall.

Exit.

ROMEO *to Juliet.*
If I profane with my unworthiest hand
This holy shrine, the gentle sin is this,
My lips, two blushing pilgrims, ready stand
To smooth that rough touch with a tender kiss.
JULIET. Good pilgrim, you do wrong your hand too much,
Which mannerly devotion shows in this;
For saints have hands that pilgrims' hands do touch,
And palm to palm is holy palmers' kiss.
ROMEO. Have not saints lips, and holy palmers too?
JULIET. Ay, pilgrim, lips that they must use in prayer.
ROMEO. O, then, dear saint, let lips do what hands do;
They pray, grant thou, lest faith turn to despair.

JULIET. Saints do not move, though grant for prayers' sake.

ROMEO. Then move not, while my prayer's effect I take.
Thus from my lips, by thine, my sin is purged.

Kissing her.

JULTET. Then have my lips the sin that they have took.
ROMEO. Sin from my lips? O trespass sweetly urged!
Give me my sin again.
JULIET.   You kiss by the book.
NURSE. Madam, your mother craves a word with you.
ROMEO. What is her mother?
NURSE.   Marry, bachelor,
Her mother is the lady of the house,
And a good lady, and a wise, and virtuous:
I nursed her daughter that you talk'd withal;
I tell you he that can lay hold of her
Shall have the chinks.

Der Streich mag euch gereun: ich weiß schon was.
Ihr macht mir's bunt! Traun, das kam' eben recht! —
Brav, Herzenskinderl — Geht, ihr seid ein Frechdachs!
Seid ruhig, sonst — Mehr Licht, mehr Licht, zum Kuckuck! —
Will ich zur Ruh euch bringen! — Lustig Kinder!
TYBALT. Mir kämpft Geduld aus Zwang mit will'ger Wut
Im Innern, und empört mein siedend Blut.
Ich gehe: doch so frech sich aufzudringen,
Was Lust ihm macht, soll bittern Lohn ihm bringen.

Geht ab.

ROMEO *tritt zu Julien.*
Entweihet meine Hand verwegen dich,
O Heil'genbild, so will ich's lieblich büßen.
Zwei Pilger, neigen meine Lippen sich,
Den herben Druck im Kusse zu versüßen.
JULIA. Nein, Pilger, lege nichts der Hand zu Schulden
Für ihren sittsam-andachtsvollen Gruß.
Der Heil'gen Rechte darf Berührung dulden,
Und Hand in Hand ist frommer Waller Kuß.
ROMEO. Hat nicht der Heil'ge Lippen wie der Waller?
JULIA. Ja, doch Gebet ist die Bestimmung aller.
ROMEO. O, so vergönne, teure Heil'ge, nun,
Daß auch die Lippen wie die Hände tun.
Voll Inbrunst beten sie zu dir: erhöre,
Daß Glaube nicht sich in Verzweiflung kehre.
JULIA. Du weißt, ein Heil'ger pflegt sich nicht zu regen,
Auch wenn er eine Bitte zugesteht.
ROMEO. So reg dich, Holde, nicht, wie Heil'ge pflegen,
Derweil mein Mund dir nimmt, was er erfleht. *Er küßt sie.*
Nun hat dein Mund ihn aller Sünd' entbunden.
JULIA. So hat mein Mund zum Lohn sie für die Gunst?
ROMEO. Zum Lohn die Sünd'? O Vorwurf, süß erfunden!
Gebt sie zurück. *Küßt sie wieder.*
JULIA.   Ihr küßt recht nach der Kunst.
WÄRTERIN. Mama will euch ein Wörtchen sagen, Fräulein.
ROMEO. Wer ist des Fräuleins Mutter?
WÄRTERIN.   Ei nun, Junker,
Das ist die gnäd'ge Frau vom Hause hier,
Gar eine wackre Frau, und klug und ehrsam.
Die Tochter, die ihr spracht, hab' ich gesäugt.
Ich sag' euch, wer sie habhaft werden kann,
Ist wohl gebettet.

ROMEO.   Is she a Capulet?
O dear account! my life is my foe's debt
BENVOLIO. Away, be gone; the sport is at the best
ROMEO. Ay, so I fear; the more is my unrest.
CAPULET. Nay, gentlemen, prepare not to be gone;
We have a trifling foolish banquet towards. —
Is it e'en so? Why then, I thank you all;
I thank you, honest gentlemen; good night. —
More torches here! — Come on, then let's to bed.
Ah, sirrah, by my fay, it waxes late;
I'll to my rest.

Exeunt all but Juliet and Nurse.

JULIET. Come hither, nurse. What is yond gentleman?
NURSE. The son and heir of old Tiberio.
JULIET. What's he that now is going out of door?
NURSE. Marry, that, I think, be young Petruchio.
JULIET. What's he that follows mere, that would not dance?
NURSE. I know not.
JULIET. Go, ask his name. — If he be married,
My grave is like to be my wedding bed.
NURSE. His name is Romeo, and a Montague;
The only son of your great enemy.

JULIET. My only love sprung from my only hate!
Too early seen unknown, and known too late!
Prodigious birth of love it is to me,
That I must love a loathed enemy.
NURSE. What's this? what's this.
JULIET.   A rhyme I learn'd even now
Of one I danced withal.

One calls within, "Juliet".

NURSE.   Anon, anon! —
Come, let's away; the strangers all are gone.

Exeunt.

ROMEO. Sie eine Capulet? O teurer Preis! mein Leben
Ist meinem Feind als Schuld dahingegeben.
BENVOUO. Fort! laßt uns gehn; die Lust ist bald dahin.
ROMEO. Ach, leider wohl! Das ängstet meinen Sinn,
CAPULET. Nein, liebe Herrn, denkt noch ans Weggehn nicht!
Ein kleines schlechtes Mahl ist schon bereitet. —
Muß es denn sein? — Nun wohl, ich dank' euch allen;
Ich dank' euch, edle Herren! Gute Nacht!
Mehr Fackeln her! — Kommt nun, bringt mich zu Bett.
Wahrhaftig, es wird spät; ich will zur Ruh.
Alle ab, außer Julia und die Wärterin.

JULIA. Komm zu mir, Amme: wer ist dort der Herr?
WÄRTERIN. Tiberios, des alten, Sohn und Erbe.
JULIA. Wer ist's, der eben aus der Türe geht?
WÄRTERIN. Das, denk' ich, ist der junge Marcellin.
JULIA. Wer folgt ihm da, der gar nicht tanzen wollte?
WARTERIN. Ich weiß nicht.
JULIA. Geh, frage, wie er heißt — Ist er vermählt,
So ist das Grab zum Brautbett mir erwählt.
WÄRTERIN *kommt zurück.*
Sein Nam' ist Romeo, ein Montague,
Und eures großen Feindes einz'ger Sohn.
JULIA. So einz'ge Lieb' aus großem Haß entbrannt
Ich sah zu früh, den ich zu spät erkannt.
O Wunderwerk! ich fühle mich getrieben,
Den ärgsten Feind aufs zärtlichste zu lieben.
WÄRTERIN. Wieso? wieso?
JULIA. Es ist ein Reim, den ich von einem Tänzer
So eben lernte.
Man ruft drinnen: Julia!
WÄRTERIN.   Gleich! wir kommen ja.
Kommt, laßt uns gehn: kein Fremder ist mehr da.
Ab.

Enter Chorus.

CHORUS. Now old Desire doth in his death-bed lie,
And young Affection gapes to be his heir:
That fair for which love groan'd for and would die,
With tender Juliet match'd, is now not fair.
Now Romeo is beloved and loves again,
Alike bewitched by the charm of looks,
But to his foe supposed he must complain.
And she steal love's sweet bait from fearfull hooks:
Being held a foe, he may not have access
To breathe such vows as lovers use to swear;
And she as much in love, her means much less
To meet her new-beloved any where:
But passion lends them power, time means, to meet,
Tempering extremities with extreme sweet.

Exit.

Der Chor tritt auf.

DER CHOR. Altes Verlangen starb; es zu beerben
Ward junge Leidenschaft geschwind ersehn:
Die Schöne, derhalb Liebe wollte sterben
Ist neben Julias Schönheit nicht mehr schön.
Romeo liebt und wird geliebt, gefangen
Von gleichem Reize beide, doch als Feind
Gilt sie ihm, wie als Köder ihr zu hangen
Auf tück'scher Angel süße Liebe scheint.
Als Feind darf er sich nicht zu ihr getrauen
Mit Schwüren ihre Liebe zu erflehn,
Sie liebt wie er, allein, um ihn zu schauen,
Weiß sie der Wege weniger noch zu gehn.
Doch Leidenschaft gibt Kraft, Zeit weist die Wege,
Der Liebe Süße schwacht die schlimmsten Schläge.
Ab.

ACT THE SECOND

SCENE I

VERONA. A LANE BY THE WALL OF CAPULET'S ORCHARD

Enter Romeo.

ROMEO. Can I go forward when my heart is here?
Turn back, dull earth, and find thy centre out.
        He climbs the wall, and leaps down within it.
        Enter Benvolio and Mercutio.
BENVOLIO. Romeo! my cousin Romeo! Romeo!
MERCUTIO.   He is wise;
And, on my life, hath stol'n him home to bed.
BENVOLIO. He ran this way, and leap'd this orchard wall:
Call, good Mercutio.
MERCUTIO.   Nay, I'll conjure too. —
Romeo! humours! madman! passion! lover!
Appear thou in the likeness of a sigh:
Speak but one rhyme and I am satisfied;
Cry but "Ay me!" pronounce but "love" and "dove";
Speak to my gossip Venus one fair word,
One nickname for her purblind son and heir,
Young Adam Cupid, he that shot so trim
When King Cophetua loved the beggar-maid. —
He heareth not, he stirreth not, he moveth not;
The ape is dead, and I must conjure him. —
I conjure thee by Rosaline's bright eyes,
By her high forehead, and her scarlet lip,
By her fine foot, straight leg, and quivering thigh,
And the demesnes that there adjacent lie,
That in thy likeness thou appear to us!
BENVOLIO. An if he hear thee, thou wilt anger him.
MERCUTIO. This cannot anger him: 'twould anger him
To raise a spirit in his mistress' circle
Of some strange nature, letting it there stand
Till she had laid it, and conjured it down;
That were some spite: my invocation
Is fair and honest, and in his mistress' name
I conjure only but to raise up him.

AKT II

SZENE I

EIN OFFNER PLATZ, DER AN CAPULETS GARTEN STÖSST

Romeo tritt auf.

ROMEO. Kann ich von hinnen, da mein Herz hier bleibt?
Geh, frost'ge Erde, suche deine Sonne!
Er ersteigt die Mauer, und springt hinunter.
Benvolio und Mercutio treten auf.
BENVOLIO. He, Romeo! he, Vetter!
MERCUTIO.   Er ist klug,
Und hat, mein Seel, sich heim ins Bett gestohlen.
BENVOLIO. Er lief hierher, und sprang die Gartenmauer
Hinüber. Ruf ihn, Freund Mercutio.
MERCUTIO. Ja, auch beschwören will ich. Romeo!
Was? Grillen! Toller! Leidenschaft! Verliebter!
Erscheine du, gestaltet wie ein Seufzer;
Sprich nur ein Reimchen, so genügt mir's schon;
Ein Ach nur jammre, paare Lieb' und Triebe;
Gib der Gevatt'rin Venus ein gut Wort,
Schimpf eins auf ihren blinden Sohn und Erben,
Held Amor, der so flink gezielt, als König
Cophetua das Bettlermädchen liebte.
Er höret nicht, er regt sich nicht, er rührt sich nicht
Der Aff' ist tot; ich muß ihn wohl beschwören.
Nun wohl! Bei Rosalindens hellem Auge,
Bei ihrer Purpurlipp' und hohen Stirn,
Bei ihrem zarten Fuß, dem schlanken Bein,
Den üpp'gen Hüften und der Region,
Die ihnen nahe liegt, beschwör' ich dich,
Daß du in eigner Bildung uns erscheinest.
BENVOLIO. Wenn er dich hört, so wird er zornig werden.
MERCUTIO. Hierüber kann er's nicht; er hätte Grund
Bannt' ich hinauf in seiner Dame Kreis
Ihm einen Geist von seltsam eigner Art,
Und ließe den da stehn, bis sie den Trotz
Gezähmt, und nieder ihn beschworen hätte.
Das war Beschimpfung! Meine Anrufung
Ist gut und ehrlich; mit der Liebsten Namen
Beschwör' ich ihn, bloß um ihn aufzurichten.

BENVOLIO. Come, he hath hid himself among these trees,
To be consorted with the humorous night:
Blind is his love and best befits the dark.
MERCUTIO. If love be blind, love cannot hit the mark.
Now will he sit under a medlar-tree,
And wish his mistress were that kind of fruit
As maids call medlars when they laugh alone.
O, Romeo, that she were, O, that she were
An open et cetera, thou a poperin pear!
Romeo, good night: I 'll to my truckle-bed;
This field-bed is too cold for me to sleep:
Come, shall we go?
BENVOLIO.   Go, then; for 'tis in vain
To seek him here that means not to be found. *Exeunt.*

SCENE II

THE SAME. CAPULET'S ORCHARD

Romeo advances.

ROMEO. He jests at scars that never felt a wound. —
          Juliet appears above at a window.
But, soft! what light through yonder window breaks?
It is the east, and Juliet is the sun I —
Arise, fair sun, and kill the envious moon,
Who is already sick and pale with grief,
That thou her maid art far more fair than she:
Be not her maid, since she is envious;
Her vestal livery is but sick and green,
And none but fools do wear it; cast it off. —
It is my lady; O, it is my love!
O, that she knew she were I —
She speaks, yet she says nothing: what of that?
Her eye discourses; I will answer it. —
I am too bold, 'tis not to me she speaks:
Two of the fairest stars in all the heaven,
Having some business, do entreat her eyes
To twinkle in their spheres till they return.
What if her eyes were there, they in her head?
The brightness of her cheek would shame those stars
As daylight doth a lamp; her eyes in heaven

BENVOLIO. Komm! Er verbarg sich unter jenen Bäumen,
Und pflegt des Umgangs mit der feuchten Nacht.
Die Lieb' ist blind, das Dunkel ist ihr recht.
MERCUTIO. Ist Liebe blind, so zielt sie freilich schlecht.
Nun sitzt er wohl an einen Baum gelehnt,
Und wünscht, sein Liebchen wär die reife Frucht,
Und fiel ihm in den Schoß. Doch, gute Nacht,
Freund Romeo! Ich will ins Federbett,
Das Feldbett ist zum Schlafen mir zu kalt.
Kommt, gehn wir?

BENVOLIO.   Ja, es ist vergeblich, ihn
Zu suchen, der nicht will gefunden sein. *Ab.*

SZENE II

CAPULETS GARTEN

Romeo kommt.

ROMEO. Der Narben lacht, wer Wunden nie gefühlt.
          Julia erscheint oben an einem Fenster.
Doch still, was schimmert durch das Fenster dort?
Es ist der Ost, und Julia die Sonne! —
Geh auf, du holde Sonn'! ertöte Lunen,
Die neidisch ist, und schon vor Grame bleich,
Daß du viel schöner bist, obwohl ihr dienend.
O, da sie neidisch ist, so dien' ihr nicht.
Nur Toren gehn in ihrer blassen, kranken
Vestalentracht einher: wirf du sie ab!
Sie ist es, meine Göttin! meine Liebe!
O wußte sie, daß sie es ist! —
Sie spricht, doch sagt sie nichts: was schadet das?
Ihr Auge redt, ich will ihm Antwort geben. —
Ich bin zu kühn, es redet nicht zu mir.
Ein Paar der schönsten Stern' am ganzen Himmel
Wird ausgesandt, und bittet Juliens Augen
In ihren Kreisen unterdes zu funkeln.
Doch waren ihre Augen dort, die Sterne
In ihrem Antlitz? Würde nicht der Glanz
Von ihren Wangen jene so beschämen,
Wie Sonnenlicht die Lampe? Würd' ihr Aug

Would through the airy region stream so bright
That birds would sing and think it were not night —
See, how she leans her cheek upon her hand!
O, that I were a glove upon that hand,
That I might touch that cheek!
JULIET.   Ay me!
ROMEO.   She speaks:
O, speak again, bright angel! for thou art
As glorious to this night, being o'er my head,
As is a winged messenger of heaven
Unto the white-upturned wondering eyes
Of mortals, that fall back to gaze on him
When he bestrides the lazy-pacing clouds
And sails upon the bosom of the air.

JULIET. O Romeo, Romeo! wherefore art thou Romeo?
Deny thy father and refuse thy name;
Or, if thou wilt not, be but sworn my love,
And I 'll no longer be a Capulet.
ROMEO *aside*. Shall I hear more, or shall I speak at this?
JULIET. 'Tis but thy name that is my enemy;
Thou art thyself, though not a Montague.
What's Montague? it is nor hand, nor foot,
Nor arm, nor face, nor any other part
Belonging to a man. O, be some other name! —
What's in a name? that which we call a rose
By any other name would smell as sweet;
So Romeo would, were he not Romeo call'd,
Retain that dear perfection which he owes
Without that title. — Romeo, doff thy name,
And for thy name, which is no part of thee,
Take all myself.

ROMEO.   I take thee at thy word:
Call me but love, and I 'll be new baptized;
Henceforth I never will be Romeo.

JULIET. What man art thou, that, thus bescreen'd in night,
So stumblest on my counsel?
ROMEO.   By a name
I know not how to tell thee who I am:
My name, dear saint, is hateful to myself,

Aus luft'gen Hohn sich nicht so hell ergreßen,
Daß Vögel sängen, froh den Tag zu grüßen?
O wie sie auf die Hand die Wange lehnt!
Wär ich der Handschuh doch auf dieser Hand,
Und küßte diese Wange!
JULIA.   Weh mir!
ROMEO.   Horch!
Sie spricht. O sprich noch einmal, holder Engel!
Denn über meinem Haupt erscheinest du
Der Nacht so glorreich, wie ein Flügelbote
Des Himmels dem erstaunten, über sich
Gekehrten Aug der Menschensöhne, die
Sich rücklings werfen, um ihm nachzuschaun,
Wenn er dahin fährt auf den trägen Wolken,
Und auf der Luft gewölbtem Busen schwebt.
JULIA. O Romeo! warum denn Romeo?
Verleugne deinen Vater, deinen Namen!
Willst du das nicht, schwör dich zu meinem Liebsten,
Und ich bin länger keine Capulet!
ROMEO *für sich.* Hör' ich noch länger, oder soll ich reden?
JULIA. Dein Nam' ist nur mein Feind. Du bliebst du selbst,
Und wärst du auch kein Montague. Was ist
Denn Montague. Es ist nicht Hand, nicht Fuß,
Nicht Arm noch Antlitz, noch ein andrer Teil
Dem Menschen eigen. O, so helfe anders! —
Was ist ein Name? Was uns Rose heißt,
Wie es auch hieße, würde lieblich duften;
So Romeo, wenn er auch anders hieße,
Er würde doch den köstlichen Gehalt
Bewahren, welcher sein ist ohne Titel.
O Romeo, leg deinen Namen ab,
Und für den Namen, der dein Selbst nicht ist,
Nimm meines ganz!
ROMEO *indem er näher hinzutritt.*
                        Ich nehme dich beim Wort
Nenn Liebster mich, so bin ich neu getauft,
Und will hinfort nicht Romeo mehr sein.
JULIA. Wer bist du, der du, von der Nacht beschirmt,
Dich drängst in meines Herzens Rat?
ROMEO.   Mit Namen
Weiß ich dir nicht zu sagen, wer ich bin.
Mein eigner Name, teure Heil'ge, wird,

Because it is an enemy to thee:
Had I it written, I would tear the word.
JULIET. My ears have yet not drunk a hundred words
Of thy tongue's uttering, yet I know the sound:
Art thou not Romeo, and a Montague?
ROMEO. Neither, fair maid, if either thee dislike.
JULIET. How cam'st thou hither, tell me, and wherefore?
The orchard walls are high and hard to climb,
And the place death, considering who thou art,
If any of my kinsmen find thee here.
ROMEO. With love's light wings did I o'er-perch these walls,
For stony limits cannot hold love out,
And what love can do that dares love attempt;
Therefore thy kinsmen are no stop to me.
JULIET. If they do see thee, they will murder thee.
ROMEO. Alack, there lies more peril in thine eye
Than twenty of their swords: look thou but sweet,
And I am proof against their enmity.
JULIET. I would not for the world they saw thee here.
ROMEO. I have night's cloak to hide me from their eyes;
And but thou love me, let them find me here:
My life were better ended by their hate,
Than death prorogued, wanting of thy love.
JULIET. By whose direction found'st thou out this place?
ROMEO. By love, that first did prompt me to inquire;
He lent me counsel, and I lent him eyes,
I am no pilot; yet, wert thou as far
As that vast shore wash'd with the farthest sea,
I would adventure for such merchandise.
JULIET. Thou know'st the mask of night is on my face,
Else would a maiden blush bepaint my cheek
For that which thou hast heard me speak to-night
Fain would I dwell on form, fain, fain deny
What I have spoke: but farewell compliment!
Dost thou love me? I know thou wilt say "Ay",
And I will take thy word; yet, if thou swear'st,
Thou mayst prove false; at lovers' perjuries,
They say, Jove laughs. O gentle Romeo,
If thou dost love, pronounce it faithfully;
Or if thou think'st I am too quickly won,
I 'll frown and be perverse and say thee nay,

Weil er dein Feind ist, von mir selbst gehaßt.
Hätt' ich ihn schriftlich, so zerriss' ich ihn.
JULIA. Mein Ohr trank keine hundert Worte noch
Von diesen Lippen; doch es kennt den Ton.
Bist du nicht Romeo, ein Montague?
ROMEO. Nein, Holde; keines, wenn dir eins mißfällt
JULIA. Wie kamst du her? o sag mir, und warum?
Die Gartenmau'r ist hoch, schwer zu erklimmen;
Die Stätt' ist Tod, bedenk nur, wer du bist,
Wenn einer meiner Vettern dich hier findet.
ROMEO. Der Liebe leichte Schwingen trugen mich;
Kein steinern Bollwerk kann der Liebe wehren;
Und Liebe wagt, was irgend Liebe kann:
Drum hielten deine Vettern mich nicht auf.
JULIA. Wenn sie dich sehn, sie werden dich ermorden.
ROMEO. Ach, deine Augen drohn mir mehr Gefahr
Als zwanzig ihrer Schwerter; blick du freundlich,
So bin ich gegen ihren Haß gestählt.
JULIA. Ich wollt' um alles nicht, daß sie dich sähn.
ROMEO. Vor ihnen hüllt mich Nacht in ihren Mantel,
Liebst du mich nicht, so laß sie nur mich finden:
Durch ihren Haß zu sterben war mir besser,
Als ohne deine Liebe Lebensfrist.
JULIA. Wer zeigte dir den Weg zu diesem Ort?
ROMEO. Die Liebe, die zuerst mich forschen hieß.
Sie lieh mir Rat, ich lieh ihr meine Augen.
Ich bin kein Steuermann, doch wärst du fern
Wie Ufer, von dem fernsten Meer bespült,
Ich wagte mich nach solchem Kleinod hin.
JULIA. Du weißt, die Nacht verschleiert mein Gesicht,
Sonst färbte Mädchenröte meine Wangen,
Um das, was du vorhin mich sagen hörtest.
Gern hielt' ich streng auf Sitte, möchte gern
Verleugnen was ich sprach: doch weg mit Förmlichkeit!
Sag, liebst du mich? Ich weiß, du wirst ´s bejahn,
Und will dem Worte traun; doch wenn du schwörst,
So kannst du treulos werden; wie sie sagen,
Lacht Jupiter des Meineids der Verliebten.
O holder Romeo, wenn du mich liebst:
Sag's ohne Falsch! Doch dachtest du, ich sei
Zu schnell besiegt, so will ich finster blicken,
Will widerspenstig sein, und Nein dir sagen,

So thou wilt woo; but else, not for the world.
In truth, fair Montague, I am too fond;
And therefore thou mayst think my haviour light:
But trust me, gentleman, I 'll prove more true
Than those that have more cunning to be strange.
I should have been more strange, I must confess,
But that thou overheard'st, ere I was ware,
My true love's passion: therefore pardon me,
And not impute this yielding to light love,
Which the dark night hath so discovered.
ROMEO. Lady, by yonder blessed moon I swear,
That tips with silver all these fruit-tree tops —
JULIET.
O, swear not by the moon, the inconstant moon,
That monthly changes in her circled orb,
Lest that thy love prove likewise variable.
ROMEO. What shall I swear by?
JULIET.   Do not swear at all,
Or, if thou wilt, swear by thy gracious self,
Which is the god of my idolatry,
And I 'll believe thee.
ROMEO.   If my heart's dear love —
JULIET. Well, do not swear. Although I joy in thee,
I have no joy of this contract to-night;
It is too rash, too unadvised, too sudden,
Too like the lightning, which doth cease to be
Ere one can say "It lightens". Sweet, good night!
This bud of love, by summer's ripening breath,
May prove a beauteous flower when next we meet.
Good night, good night! as sweet repose and rest
Come to thy heart as that within my breast!

ROMEO. O, wilt thou leave me so unsatisfied?
JULIET. What satisfaction canst thou have to-night?
ROMEO. The exchange of thy love's faithful vow for mine.
JULIET. I gave thee mine before thou didst request it;
And yet I would it were to give again.
ROMEO.
Wouldst thou withdraw it? for what purpose, love?
JULIET. But to be frank, and give it thee again.
And yet I wish but for the thing I have:
My bounty is as boundless as the sea,

So du dann werben willst: sonst nicht um alles.
Gewiß, mein Montague, ich bin zu herzlich;
Du könntest denken, ich sei leichten Sinns.
Doch glaube, Mann, ich werde treuer sein
Als sie, die fremd zu tun geschickter sind.
Auch ich, bekenn' ich, hätte fremd getan,
Wäre ich von dir, eh ich's gewahrte, nicht
Belauscht in Liebesklagen. Drum vergib!
Schilt diese Hingebung nicht Flatterliebe,
Die so die stille Nacht verraten hat.
ROMEO. Ich schwöre, Fräulein, bei dem heil'gen Mond,
Der silbern dieser Bäume Wipfel säumt...
JULIA.
O schwöre nicht beim Mond, dem wandelbaren,
Der immerfort in seiner Scheibe wechselt,
Damit nicht wandelbar dein Lieben sei!
ROMEO. Wobei denn soll ich schwören?
JULIA.   Laß es ganz.
Doch willst du, schwör bei deinem edlen Selbst,
Dem Götterbilde meiner Anbetung:
So will ich glauben.
ROMEO.   Wenn die Herzensliebe...
JULIA. Gut, schwöre nicht. Obwohl ich dein mich freue,
Freu' ich mich nicht des Bundes dieser Nacht
Er ist zu rasch, zu unbedacht, zu plötzlich;
Gleicht allzusehr dem Blitz, der nicht mehr ist,
Noch eh man sagen kann: es blitzt. — Schlaf süß!
Des Sommers warmer Hauch kann diese Knospe
Der Liebe wohl zur schönen Blum' entfalten,
Bis wir das nächste Mal uns wiedersehn.
Nun gute Nacht! So süße Ruh und Frieden,
Als mir im Busen wohnt, sei dir beschieden.
ROMEO. Ach, du verlässest mich so unbefriedigt?
JULIA. Was für Befriedigung begehrst du noch?
ROMEO. Gib deinen treuen Liebesschwur für meinen.
JULIA. Ich gab ihn dir, eh du darum gefleht;
Und doch, ich wollt', er stünde noch zu geben.
ROMEO.
Wollt'st du ihn mir entziehn? Wozu das, Liebe?
JULIA. Um unverstellt ihn dir zurückzugeben.
Allein ich wünsche, was ich habe, nur.
So grenzenlos ist meine Huld, die Liebe

My love as deep; the more I give to thee,
The more I have, for both are infinite.
Nurse calls within.
I hear some noise within; dear love, adieu! —
Anon, good nurse! — Sweet Montague, be true.
Stay but a little, I will come again. *Exit.*
ROMEO. O blessed blessed night! I am afeard,
Being in night, all this is but a dream,
Too flattering-sweet to be substantial.
Re-enter Juliet, above.
JULIET. Three words, dear Romeo, and good night indeed.
If that thy bent of love be honourable,
Thy purpose marriage, send me word to-morrow
By one that I'll procure to come to thee,
Where and what time thou wilt perform the rite,
And all my fortunes at thy foot I'll lay,
And follow thee my lord throughout the world.
NURSE *within.* Madam!
JULIET. I come, anon. — But if thou mean'st not well,
I do beseech thee —
NURSE *within.*   Madam!
JULIET. By and by, I come: —
To cease thy suit, and leave me to my grief:
To-morrow will I send.
ROMEO.   So thrive my soul, —
JULIET. A thousand times good night! *Exit.*
ROMEO. A thousand times the worse, to want thy light.
Love goes toward love, as school-boys from their books,
But love from love, toward school with heavy looks.
Retiring slowly.
Re-enter Juliet, above.
JULIET. Hist! Romeo, hist! — O, for a falconer's voice,
To lure this tassel-gentle back again!
Bondage is hoarse, and may not speak aloud;
Else would I tear the cave where Echo lies,
And make her airy tongue more hoarse than mine,
With repetition of my Romeo's name.
ROMEO.
It is my soul that calls upon my name:
How silver-sweet sound lovers' tongues by night,
Like softest music to attending ears!

So tief ja wie das Meer. Je mehr ich gebe,
Je mehr auch hab' ich: beides ist unendlich.
Ich hör' im Haus Geräusch; leb wohl, Geliebter!
Die Wärterin ruft hinter der Szene.
Gleich, Amme! — Holder Montague, sei treu!
Wart einen Augenblick: ich komme wieder. *Sie geht zurück.*
ROMEO. O sel'ge, sel'ge Nacht! Nur fürcht' ich, weil
Mich Nacht umgibt, dies alles sei nur Traum,
Zu schmeichelnd such, um wirklich zu bestehn.
Julia erscheint wieder am Fenster.
JULIA. Drei Worte, Romeo; dann gute Nacht!
Wenn deine Liebe, tugendsam gesinnt,
Vermählung wünscht, so laß mich morgen wissen
Durch jemand, den ich zu dir senden will,
Wo du und wann die Trauung willst vollziehn.
Dann leg' ich dir mein ganzes Glück zu Füßen,
Und folge durch die Welt dir als Gebieter. —
Die Wärterin hinter der Szene: Fräulein!
Ich komme; gleich! — Doch meinst du es nicht gut,
So bitt' ich dich ...
Die Wärterin hinter der Szene: Fräulein!
Im Augenblick: ich komme! —
... Hör auf zu werben, laß mich meinem Gram!
Ich sende morgen früh —
ROMEO. Beim ew'gen Heil—
JULIA. Nun tausend gute Nacht! *Geht zurück.*
ROMEO. Raubst du dein Licht ihr, wird sie bang durchwacht.
Wie Knaben aus der Schul' eilt Liebe hin zum Lieben,
Wie Knaben an ihr Buch, wird sie hinweggetrieben.
Er entfernt sich langsam.
Julia erscheint wieder am Fenster.
JULIA. St! Romeo, st! O eines Jägers Stimme,
Den edlen Falken wieder herzulocken!
Abhängigkeit ist heiser, wagt nicht laut
Zu reden, sonst zersprengt' ich Echos Kluft,
Und machte heis'rer ihre luft'ge Kehle
Als meine, mit dem Namen Romeo.
ROMEO *umkehrend.*
Mein Leben ist's, das meinen Namen ruft.
Wie silbersüß tönt bei der Nacht die Stimme
Der Liebenden, gleich lieblicher Musik
Dem Ohr des Lauschers!

JULIET. Romeo!
ROMEO.   My dear?
JULIET.   At what o'clock to-morrow
Shall I send to thee?
ROMEO.   By the hour of nine.
JULIET. I will not fail; 'tis twenty years till then.
I have forgot why I did call thee back.

ROMEO. Let me stand here till thou remember it.
JULIET. I shall forget, to have thee still stand there,
Rembering how I love thy company.
ROMEO. And I 'll still stay, to have thee still forget.
Forgetting any other home but this.
JULIET. 'Tis almost morning; I would have thee gone;
And yet no further than a wanton's bird,
Who lets it hop a little from her hand,
like a poor prisoner in his twisted gyves,
And with a silk thread plucks it back again,
So loving-jealous of his liberty.
ROMEO. I would I were thy bird.
JULIET.   Sweet, so would I:
Yet I should kill thee with much cherishing.
Good night, good night! parting is such sweet sorrow
That I shall say good night till it be morrow.
                    Exit.
ROMEO. Sleep dwell upon thine eyes, peace in thy breast!
Would I were sleep and peace, so sweet to rest!
Hence will I to my ghostly father's cell,
His help to crave, and my dear hap to tell. *Exit.*

SCENE III

THE SAME. FRIAR LAURENCE'S CELL

Enter Friar Laurence, with a basket.

FRIAR. The grey-eyed morn smiles on the frowning night,
Chequering the eastern clouds with streaks of light;
And flecked darkness like a drunkard reels
From forth day's path and Titan's fiery wheels:
Now, ere the sun advance his burning eye
The day to cheer and night's dank dew to dry,
I must up-fill this osier cage of ours

JULIA.   Romeo!
ROMEO.   Mein Fräulein?
JULIA. Um welche Stunde soll ich morgen schicken?

ROMEO. Um neun.
JULIA. Ich will nicht säumen; zwanzig Jahre
Sind's bis dahin. Doch ich vergaß, warum
Ich dich zurückgerufen.
ROMEO. Laß hier mich stehn, derweil du dich bedenkst.
JULIA. Auf daß du stets hier weilst, werd' ich vergessen,
Bedenkend, wie mir deine Näh' so lieb.
ROMEO. Auf daß du stets vergessest, werd' ich weilen,
Vergessend, daß ich irgend sonst daheim.
JULIA. Es tagt beinah: ich wollte nun, du gingst;
Doch weiter nicht, als wie ein tändelnd Mädchen
Ihr Vögelchen der Hand entschlüpfen läßt,
Gleich einem Armen in der Banden Druck,
Und dann zurück ihn zieht am seidnen Faden;
So liebevoll mißgönnt sie ihm die Freiheit
ROMEO. Wär ich dein Vögelchen!
JULIA.   Ach wärst du's, Lieber!
Doch hegt' und pflegt' ich dich gewiß zu Tod.
Nun gute Nacht! So süß ist Trennungswehe,
Ich rief' wohl gute Nacht, bis ich den Morgen sähe.
                    Sie geht zurück.
ROMEO. Schlaf wohn' auf deinem Aug, Fried' in der Brust!
O war ich Fried' und Schlaf, und ruht' in solcher Lust!
Ich will zur Zell' des frommen Vaters gehen,
Mein Glück ihm sagen, und um Hülf' ihn flehen. *Ab.*

SZENE III

EIN KLOSTERGARTEN

Bruder Lorenzo mit einem Körbchen.

LORENZO. Der Morgen lächelt froh der Nacht ins Angesicht,
Und säumet das Gewölk im Ost mit Streifen Licht.
Die matte Finsternis flieht wankend wie betrunken,
Von Titans Pfad, besprüht von seiner Rosse Funken.
Eh höher nun die Sonn' ihr glühend Aug erhebt,
Den Tau der Nacht verzehrt, und neu die Welt belebt,
Muß ich dies Körbchen hier voll Kraut und Blumen lesen,

With baleful weeds and precious-juiced flowers.
The earth that's nature's mother is her tomb;
What is her burying grave, that is her womb,
And from her womb children of divers kind
We sucking on her natural bosom find,
Many for many virtues excellent,
None but for some, and yet all different
O, mickle is the powerful grace that lies
In herbs, plants, stones, and their true qualities:
For nought so vile that on the earth doth live
But to the earth some special good doth give;
Nor aught so good but, strain'd from that fair use,
Revolts from true birth, stumbling on abuse:
Virtue itself turns vice, being misapplied,
And vice sometime's by action dignified.
Within the infant rind of this weak flower
Poison hath residence and medicine power:
For this, being smelt, with that part cheers each part;
Being tasted, slays all senses with the heart.
Two such opposed kings encamp them still
In man as well as herbs, grace and rude will;
And where the worser is predominant,
Full soon the canker death eats up that plant.

Enter Romeo.

ROMEO. Good morrow, father.
FRIAR.   Benedicite!
What early tongue so sweet saluteth me?
Young son, it argues a distemper'd head
So soon to bid good morrow to thy bed:
Care keeps his watch in every old man's eye,
And where care lodges, sleep will never lie;
But where unbruised youth with unstuff'd brain
Doth couch his limbs, there golden sleep doth reign:
Therefore thy earliness doth me assure
Thou art up-roused by some distemperature;
Or if not so, then here I hit it right,
Our Romeo hath not been in bed to-night
ROMEO. That last is true; the sweeter rest was mine.
FRIAR. God pardon sin! wast thou with Rosaline?
ROMEO. With Rosaline, my ghostly father? no;
I have forgot that name, and that name's woe.
FRIAR. That's my good son: but where hast thou been, then?

Voll Pflanzen gift'ger Art, und diensam zum Genesen.
Die Mutter der Natur, die Erd', ist auch ihr Grab,
Und was ihr Schoß gebar, sinkt tot in ihn hinab.
Und Kinder mannigfalt, so all' ihr Schoß empfangen,
Sehn wir, gesaugt von ihr, an ihren Brüsten hangen.
An vielen Tugenden sind viele drunter reich;
Ganz ohne Wert nicht eins, doch keins dem andern gleich.
O, große Kräfte sind's, weiß man sie recht zu pflegen,
Die Pflanzen, Kräuter, Stein' in ihrem Innem hegen.
Was nur auf Erden lebt, da ist auch nichts so schlecht,
Daß es der Erde nicht besondern Nutzen brächt'.
Doch ist auch nichts so gut, das, diesem Ziel entwendet,
Abtrünnig seiner Art, sich nicht durch Mißbrauch schändet
In Laster wandelt sich selbst Tugend, falsch geübt,
Wie Ausführung auch wohl dem Laster Würde gibt
Die kleine Blume hier beherbergt gift'ge Säfte
In ihrer zarten Hüll', und milde Heilungskräfte:
Sie labet den Geruch, und dadurch jeden Sinn;
Gekostet, dringt sie gleich zum Herzen tötend hin.
Zwei Feinde lagern so im menschlichen Gemüte
Sich, immerdar im Kampf: verderbter Will' und Güte.
Und wo das Schlechtre herrscht mit siegender Gewalt,
Dergleichen Pflanze frißt des Todes Wurm gar bald.

Romeo tritt auf.

ROMEO. Mein Vater, guten Morgen!
LORENZO.   Sei der Herr gesegnet!
Weß ist der frühe Gruß, der freundlich mir begegnet?
Mein junger Sohn, es zeigt, daß wildes Blut dich plagt,
Daß du dem Bett so früh schon Lebewohl gesagt
Die wache Sorge lauscht im Auge jedes Alten,
Und Schlummer bettet nie sich da, wo Sorgen walten.
Doch da wohnt goldner Schlaf, wo mit gesundem Blut
Und grillenfreiem Hirn die frische Jugend ruht
Drum laßt mich sicherlich dein frühes Kommen wissen,
Daß innre Unordnung vom Lager dich gerissen.
Wie? oder hatte gar mein Romeo die Nacht
(Nun rat' ich's besser) nicht im Bette hingebracht?
ROMEO. So ist's; ich wußte mir viel süße Ruh zu finden.
LORENZO. Verzeih die Sünde Gott! Warst du bei Rosalinden?
ROMEO. Bei Rosalinden, ich? Ehrwürd'ger Vater, nein!
Vergessen ist der Nam' und dieses Namens Pein.
LORENZO. Das ist mein wackrer Sohn! Allein wo warst du? sage!

ROMEO. I 'll tell thee, ere thou ask it me again.
I have been feasting with mine enemy,
Where on a sudden one hath wounded me,
That's by me wounded: both our remedies
Within thy help and holy physic lies:
I bear no hatred, blessed man; for, lo,
My intercession likewise steads my foe.
FRIAR. Be plain, good son, and homely in thy drift;
Riddling confession finds but riddling shrift.
ROMEO. Then plainly know my heart's dear love is set
On the fair daughter of rich Capulet:
As mine on hers, so hers is set on mine;
And all combined, save what thou must combine
By holy marriage: when, and where, and how,
We met, we woo'd and made exchange of vow,
I 'll tell thee as we pass; but this I pray,
That thou consent to marry us to-day.
FRIAR. Holy Saint Francis, what a change is here!
Is Rosaline, whom thou didst love so dear,
So soon forsaken? young men's love then lies
Not truly in their hearts, but in their eyes.
Jesu Maria, what a deal of brine
Hath wash'd thy sallow cheeks for Rosaline!
How much salt water thrown away in waste,
To season love, that of it doth not taste!
The sun not yet thy sighs from heaven clears,
Thy old groans ring yet in mine ancient ears;
Lo, here upon thy cheek the stain doth sit
Of an old tear that is not wash'd off yet.
If e'er thou wast thyself and these woes thine,
Thou and these woes were all for Rosaline:
And art thou changed? pronounce this sentence then:
Women may fall, when there's no strength in men.
ROMEO. Thou chidd'st me oft for loving Rosaline.
FRIAR. For doting, not for loving, pupil mine.
ROMEO. And bad'st me bury love.
FRIAR.   Not in a grave
To lay one in, another out to have.
ROMEO.
I pray thee, chide not: she whom I love now
Doth grace for grace and love for love allow;
The other did not so.

ROMEO. So hör; ich spare gern dir eine zweite Frage.
Ich war bei meinem Feind auf einem Freudenmahl,
Und da verwundete mich jemand auf einmal.
Desgleichen tat ich ihm, und für die beiden Wunden
Wird heil'ge Arzenei bei deinem Arm gefunden.
Ich hege keinen Groll, mein frommer alter Freund!
Denn sieh! zu Statten kommt die Bitt' auch meinem Feind.
LORENZO. Einfältig, lieber Sohn! Nicht Sylben fein gestochen!
Wer Rätsel beichtet, wird in Rätseln losgesprochen.
ROMEO. So wiss' einfältiglich: ich wandte Seel' und Sinn
In Lieb' auf Capulets holdsel'ge Tochter hin.
Sie gab ihr ganzes Herz zurück mir für das meine,
Und uns Vereinten fehlt zum innigsten Vereine
Die heil'ge Trauung nur: doch wie und wo und wann
Wir uns gesehn, erklärt, und Schwur um Schwur getan,
Das alles will ich dir auf unserm Weg erzählen;
Nur bitt' ich, will'ge drein, noch heut uns zu vermählen.
LORENZO. O heiliger Sankt Franz! Was für ein Unbestand!
Ist Rosalinde schon aus deiner Brust verbannt,
Die du so heiß geliebt? Liegt junger Männer Liebe
Denn in den Augen nur, nicht in des Herzens Triebe?
O heiliger Sankt Franz! wie wusch ein salzig Naß
Um Rosalinden dir so oft die Wangen blaß!
Und löschen konnten doch so viele Tränenfluten
Die Liebe nimmer dir: sie schürten ihre Gluten.
Noch schwebt der Sonn' ein Dunst von deinen Seufzern vor;
Dein altes Stöhnen summt mir noch im alten Ohr.
Sieh, auf der Wange hier ist noch die Spur zu sehen
Von einer alten Trän', die noch nicht will vergehen.
Und warst du je du selbst, und diese Schmerzen dein,
So war der Schmerz und du für Rosalind' allein.
Und so verwandelt nun? Dann leide, daß ich spreche:
Ein Weib darf fallen, wohnt in Männern solche Schwäche.
ROMEO. Oft schmähltest du mit mir um Rosalinden schon.
LORENZO. Weil sie dein Abgott war; nicht weil du liebtest, Sohn.
ROMEO. Und mahntest oft mich an, die Liebe zu besiegen.
LORENZO. Nicht um in deinem Sieg der zweiten zu erliegen.

ROMEO.
Ich bitt' dich, schmähl nicht! Sie, der jetzt mein Herz gehört,
Hat Lieb' um Liebe mir und Gunst um Gunst gewährt;
Das tat die andre nie.

FRIAR.   O, she knew well
Thy love did read by rote that could not spell.
But come, young waverer, come, go with me,
In one respect I 'll thy assistant be;
For this alliance may so happy prove,
To turn your households' rancour to pure love.
ROMEO. O, let us hence; I stand on sudden haste.
FRIAR. Wisely and slow; they stumble that run fast.

Exeunt.

SCENE IV

THE SAME. A STREET

Enter Benvolio and Mercutio.

MERCUTIO. Where the devil should this Romeo be?
Came he not home to-night?
BENVOLIO. Not to his father's; I spoke with his man.
MERCUTIO.
Why, that same pale hard-hearted wench, that Rosaline,
Torments him so, that he will sure run mad.
BENVOLIO. Tybalt, the kinsman to old Capulet
Hath sent a letter to his father's house.
MERCUTIO. A challenge, on my life.
BENVOLIO.
Romeo will answer it.
MERCUTIO. Any man that can write may answer a letter.

BENVOLIO. Nay, he will answer the letter's master, how he
dares, being dared.
MERCUTIO. Alas, poor Romeo, he is already dead! stabbed with
a white wench's black eye; shot thorough the ear with a lovesong;
the very pin of his heart cleft with the blind bow-boy's butt-shaft;
and is he a man to encounter Tybalt?

BENVOLIO. Why, what is Tybalt?
MERCUTIO. More than prince of cats, I can tell you. O, he is
the courageous captain of compliments. He fights as you sing
prick-song, keeps time, distance, and proportion; rests me his minim
rest, one, two, and the third in your bosom; the very butcher of a
silk button, a duellist, a duellist; a gentleman of the very first

LORENZO.   Sie wußte wohl, dein Lieben
Sei zwar ein köstlich Wort, doch nur in Sand geschrieben.
Komm, junger Flattergeist! Komm nur, wir wollen gehn;
Ich bin aus einem Grund geneigt dir beizustehn:
Vielleicht daß dieser Bund zu großem Glück sich wendet,
Und eurer Häuser Groll durch ihn in Freundschaft endet
ROMEO. O laß uns fort von hier! Ich bin in großer Eil.
LORENZO. Wer hastig läuft, der fällt; drum eile nur mit Weil.
Beide ab.

SZENE IV

EINE STRASSE

Benvolio und Mercutio kommen.

MERCUTIO. Wo Teufel kann der Romeo stecken? Kam er heute
nacht nicht zu Hause?
BENVOUO. Nach seines Vaters Hause nicht; ich sprach seinen
Bedienten.
MERCUTIO.
Ja, dies hartherz'ge Frauenbild, die Rosalinde,
Sie quält ihn so, er wird gewiß verrückt.
BENVOLIO. Tybalt, des alten Capulet Verwandter,
Hat dort ins Haus ihm einen Brief geschickt.
MERCUTIO. Eine Ausforderung, so wahr ich lebe.
BENVOLIO.
Romeo wird ihm die Antwort nicht schuldig bleiben.
MERCUTIO. Auf einen Brief kann ein jeder antworten, wenn er
schreiben kann.
BENVOLIO. Nein, ich meine, er wird dem Briefsteller zeigen,
daß er Mut hat, wenn man ihm so was zumutet.
MERCUTIO. Ach, der arme Romeo! Er ist ja schon tot: durchbohrt
von einer weißen Dirne schwarzem Auge; durchs Ohr geschossen
mit einem Liebesliedchen; seine Herzensscheibe durch den Pfeil
des kleinen blinden Schutzen mitten entzwei gespalten. Ist er der
Mann darnach, es mit dem Tybalt aufzunehmen?
BENVOLIO. Nun, was ist Tybalt denn großes?
MERCUTIO. Kein papierner Held, das kann ich dir sagen. O, er
ist ein beherzter Zeremonienmeister der Ehre. Er ficht, wie ihr
ein Liedlein singt; halt Takt und Maß und Ton. Er beobachtet
seine Pausen: eins — zwei — drei: — dann sitzt euch der Stoß in
der Brust. Er bringt euch einen seidnen Knopf unfehlbar ums Leben.

house, of the first and second cause. Ah, the immortal passado! the punto reverso! the hay!

BENVOLIO. The what?
MERCUTIO. The pox of such antic, lisping, affecting fantasti- coes, these new tuners of accents! "By Jesu, a very good blade! a very tall man! a very good whore!" Why, is not this a lamenta- ble thing, grandsire, that we should be thus afflicted with these strange flies, these fashion-mongers, these pardonnez-mois, who stand so much on the new form that they cannot sit at ease on the old bench? O, their bons, their bons!

Enter Romeo.

BENVOLIO. Here comes Romeo, here comes Romeo.
MERCUTIO. Without his roe, like a dried herring. O flesh, flesh, how art thou fishified! Now is he for the numbers that Petrarch flowed in: Laura to his lady was but a kitchen-wench; marry, she had a better love to be-rhyme her; Dido, a dowdy; Cleopatra, a gipsy; Helen and Hero, hildings and harlots; Thisbe, a grey eye or so, but not to the purpose. — Signior Romeo, bon jour! there's a French salutation to your French slop. You gave us the counterfeit fairly last night.

ROMEO. Good morrow to you both. What counterfeit did I give you?
MERCUTIO. The slip, sir, the slip; can you not conceive?

ROMEO. Pardon, good Mercutio, my business was great; and in such a case as mine a man may strain courtesy.

MERCUTIO. That's as much as to say, such a case as yours constrains a man to bow in the hams.
ROMEO. Meaning, to court'sy.
MERCUTIO. Thou hast most kindly hit it
ROMEO. A most courteous exposition.
MERCUTIO. Nay, I am the very pink of courtesy.
ROMEO. Pink for flower.
MERCUTIO. Right.
ROMEO. Why, then is my pump well flowered.
MERCUTIO. Well said; follow me this jest now till thou hast worn out thy pump, that when the single sole of it is worn, the jest may remain, after the wearing, solely singular.

Ein Raufer! ein Raufer! Ein Ritter vom ersten Range, der euch alle Gründe eines Ehrenstreits an den Fingern herzuzählen weiß. Ach die göttliche Passade! die doppelte Finte! Der! —
BENVOLIO. Der — was?
MERCUTIO. Der Henker hole diese phantastischen, gezierten, lispelnden Eisenfresser! Was sie für neue Töne anstimmen! — „Eine sehr gute Klinge! — Ein sehr wohlgewachsner Mann! — Eine sehr gute Hure!" — Ist das nicht ein Elend, Urältervater, daß wir mit diesen ausländischen Schmetterlingen heimgesucht werden, mit diesen Modenarren, diesen *Pardonnez-moi*, die so stark auf neue Weise halten, ohne jemals weise zu werden?

Romeo tritt auf.

BENVOLIO. Da kommt Romeo, da kommt er!
MERCUTIO. Ohne seinen Rogen, wie ein gedörrter Hering. O Fleisch! Fleisch! wie bist du verfischt worden! Nun liebt er die Melodien, in denen sich Petrarca ergoß: gegen sein Fräulein ist Laura nur eine Küchenmagd — Wetter! sie hatte nur einen bessern Liebhaber, um sie zu bereimen; — Dido, eine Trutschel; Kleopatra, eine Zigeunerin; Helena und Hero, Metzen und lose Dirnen; Thisbe, ein artiges Blauauge oder sonst so was, will aber nichts vorstellen. Signor Romeo, bon jour! Da habt ihr einen französischen Gruß für eure französischen Pumphosen! Ihr spieltet uns diese Nacht einen schönen Streich.
ROMEO. Guten Morgen, meine Freunde. Was für einen Streich?

MERCUTIO. Einen Diebesstreich. Ihr stahlt euch unversehens davon.
ROMEO. Verzeihung, guter Mercutio. Ich hatte etwas Wichtiges vor, und in einem solchen Falle tut man wohl einmal der Höflichkeit Gewalt an.

ROMEO. O single-soled jest, solely singular for the singleness!

MERCUTIO. Come between us, good Benvolio; my wits faint.

ROMEO. Switch and spurs, switch and spurs; or I 'll cry a match.

MERCUTIO. Nay, if our wits run the wild-goose chase, I am done; for thou hast more of the wild-goose in one of thy wits than, I am sure, I have in my whole five. Was I with you there for the goose?

ROMEO. Thou wast never with me for any thing when thou wast not there for the goose.

MERCUTIO. I will bite thee by the ear for that jest.

ROMEO. Nay, good goose, bite not.

MERCUTIO. Thy wit is a very bitter sweeting; it is a most sharp sauce.

ROMEO. And is it not well served in to a sweet goose?

MERCUTIO. O, here 's a wit of cheveril, that stretches from an inch narrow to an ell broad!

ROMEO. I stretch it out for that word "broad"; which added to the goose, proves thee far and wide a broad goose.

MERCUTIO. Why, is not this better now than groaning for love? now art thou sociable, now art thou Romeo; now art thou what thou art, by art as well as by nature: for this drivelling love is like a great natural, that runs lolling up and down to hide his bauble in a hole.

BENVOLIO. Stop there, stop there.

MERCUTIO. Thou desirest me to stop in my tale against the hair.

BENVOLIO. Thou wouldst else have made thy tale large.

MERCUTIO. O, thou art deceived; I would have made it short; for I was come to the whole depth of my tale, and meant indeed to occupy the argument no longer.

ROMEO. Here 's goodly gear!

Enter Nurse and Peter.

MERCUTIO. A sail, a sail!

BENVOLIO. Two, two; a shirt and a smock.

NURSE. Peter!

PETER. Anon?

NURSE. My fan, Peter.

MERCUTIO. Good Peter, to hide her face; for her fan 's the fairer of the two.

NURSE. God ye good morrow, gentlemen.

MERCUTIO. God ye good den, fair gentlewoman.

NURSE. Is it good den?

MERCUTIO. Wie nun? Du sprichst ja ganz menschlich. Wie kommt es, daß du auf einmal deine aufgeweckte Zunge und deine muntern Augen wieder gefunden hast? So hab' ich dich gern. Ist das nicht besser als das ewige Liebesgekrächze?

ROMEO. Seht den prächtigen Aufzug!
Die Wärterin und Peter hinter ihr.
MERCUTIO. Was kommt da angesegelt?
BENVOLIO. Zwei, zwei, ein Mannshemd und ein Unterrock.
WÄRTERIN. Peter!
PETER. Was beliebt?
WÄRTERIN. Meinen Fächer, Peter!
MERCUTIO. Gib ihn ihr, guter Peter, um ihr Gesicht zu verstecken. Ihr Fächer ist viel hübscher als ihr Gesicht
WÄRTERIN. Schönen guten Morgen, ihr Herren!
MERCUTIO. Schönen guten Abend, schöne Dame!
WÄRTERIN. Warum guten Abend?

MERCUTIO. 'Tis no less, I tell you; for the bawdy hand of the dial is now upon the prick of noon.

NURSE. Out upon you! what a man are you!

ROMEO. One, gentlewoman, that God hath made for himself to mar.

NURSE. By my troth, it is well said; "for himself to mar"; quoth a'? Gentlemen, can any of you tell me where I may find the young Romeo?

ROMEO. I can tell you; but young Romeo will be older when you have found him than he was when you sought him: I am the youngest of that name; for fault of a worse.

NURSE. You say well.

MERCUTIO. Yea, is the worst well? very well took, i' faith; wisely, wisely.

NURSE. If you be he, sir, I desire some confidence with you.

BENVOLIO. She will indite him to some supper.

MERCUTIO. A bawd, a bawd, a bawd! So ho!

ROMEO. What hast thou found?

MERCUTIO. No hare, sir; unless a hare, sir, in a lenten pie, that is something stale and hoar ere it be spent —
Sings.
An old hare hoar,
And an old hare hoar,
Is very good meat in Lent:
But a hare that is hoar,
Is too much for a score,
When it hoars ere it be spent. —
Romeo, will you come to your father's? we 'll to dinner thither.

ROMEO. I will follow you.

MERCUTIO. Farewell, ancient lady; farewell, (*singing*) "lady, lady, lady".
Exeunt Mercutio and Benvolio.

NURSE. Marry, farewell! — I pray you, sir, what saucy merchant was this, that was so full of his ropery?

ROMEO. A gentleman, nurse, that loves to hear himself talk, and will speak more in a minute than he will stand to in a month.

NURSE. An a' speak anything against me, I 'll take him down, an a' were lustier than he is, and twenty such Jacks; and if I

MERCUTIO. Euer Brusttuch deutet auf Sonnenuntergang.

WÄRTERIN. Pfui, was ist das für ein Mensch?

ROMEO. Einer, meine Beste, den der Teufel plagt, um Andre zu plagen.

WÄRTERIN. Schon gesagt, bei meiner Seele! Um Andre zu plagen. Ganz recht! Aber, ihr Herren, kann mir keiner von euch sagen, wo ich den jungen Romeo finde?

ROMEO. Ich kann's euch sagen; aber der junge Romeo wird älter sein, wenn ihr ihn gefunden habt, als er war, da ihr ihn suchtet Ich bin der Jüngste, der den Namen führt, weil kein Schlechterer da war.

WÄRTERIN. Gut gegeben.

MERCUTIO. So? ist das Schlechteste gut gegeben? Nun wahrhaftig: gut begriffen! sehr vernünftig!

WÄRTERIN. Wenn ihr Romeo seid, mein Herr, so wünsche ich euch insgeheim zu sprechen.

BENVOLIO. Sie wird ihn irgendwohin auf den Abend bitten.

MERCUTIO. Eine Kupplerin! eine Kupplerin! Ho, ho!

BENVOLIO. Was witterst du?

MERCUTIO. Neue Jagd! neue Jagd! —

Romeo, kommt zu eures Vaters Hause, wir wollen zu Mittag da essen.

ROMEO. Ich komme euch nach.

MERCUTIO. Lebt wohl, alte Schöne! Lebt wohl, o Schöne! Schöne! Schöne!

Benvolio und Mercutio gehen ab.

WÄRTERIN. Sagt mir doch, was war das für ein unverschämter Gesell, der nichts als Schelmstücke im Kopf hatte?

ROMEO. Jemand, der sich selbst gern reden hört, meine gute Frau, und der in einer Minute mehr spricht, als er in einem Monate verantworten kann.

WÄRTERIN. Ja, und wenn er auf mich was zu sagen hat, so will ich ihn bei den Ohren kriegen, und wäre er auch noch vierschrö-

cannot, I'll find those that shall. Scurvy knave! Im am none of his flirt-gills; I am none of his skains-mates. — *To Peter.* And thou must stand by too, and suffer every knave to use me at his pleasure?

PETER. I saw no man use you at his pleasure; if I had, my weapon should quickly have been out, I warrant you. I dare draw as soon as another man, if I see occasion in a good quarrel, and the law on my side
NURSE. Now, afore God, I am so vexed, that every part about me quivers. Scurvy knave! — Pray you, sir, a word; and as I told you; my young lady bade me inquire you out; what she bade me say I will keep to myself; but first let me tell ye, if ye should lead her into a fool's paradise, as they say, it were a very gross kind of behaviour, as they say: for the gentlewoman is young, and therefore, if you should deal double with her, truly it were an ill thing to be offered to any gentlewoman, and very weak dealing.

ROMEO. Nurse, commend me to thy lady and mistress. I protest unto thee —
NURSE. Good heart, and, i' faith, I will tell her as much. Lord, Lord, she will be a joyful woman.

ROMEO. What wilt thou tell her, nurse? thou dost not mark me.
NURSE. I will tell her, sir, that you do protest; which, as I take it, is a gentlemanlike offer.
ROMEO. Bid her devise
Some means to come to shrift this afternoon;
And there she shall at Friar Laurence' cell
Be shrived and married. Here is for thy pains.

NURSE. No, truly, sir; not a penny.
ROMEO. Go to; I say you shall.
NURSE. This afternoon, sir? well, she shall be there.
ROMEO. And stay, good nurse; behind the abbey-wall
Within this hour my man shall be with thee,
And bring thee cords made like a tackled stair:
Which to the high top-gallant of my joy
Must be my convoy in the secret night.
Farewell; be trusty, and I 'll quit thy pains;
Farewell; commend me to thy mistress.

tiger als er ist, und zwanzig solcher Hasenfüße obendrein: und kann ich's nicht, so könnens Andre. So'n Lausekerl! Ich bin keine von seinen Kreaturen, ich bin keine von seinen Karnuten. *Zu Peter.* Und du mußt auch dabei stehn, und leiden, daß jeder Schuft sich nach Belieben über mich hermacht!

PETER. Ich habe nicht gesehn, daß sich jemand über euch hergemacht hatte; sonst hätte ich geschwind vom Leder gezogen, das könnt ihr glauben. Ich kann so gut ausziehn wie ein Andrer, wo es einen ehrlichen Zank gibt, und das Recht auf meiner Seite ist.

WÄRTERIN. Nu, weiß Gott, ich habe mich so geärgert, daß ich am ganzen Leibe zittre. So'n Lausekerl! — Seid so gütig, mein Herr, auf ein Wort! Und was ich euch sagte: mein junges Fräulein befahl mir, euch zu suchen. Was sie mir befahl euch zu sagen, das will ich für mich behalten; aber erst laßt mich euch sagen, wenn ihr sie wolltet bei der Nase herum führen, so zu sagen, das wäre eine unartige Aufführung, so zu sagen. Denn seht! das Fräulein ist jung: und also, wenn ihr falsch gegen sie zu Werke gingt, das würde sich gar nicht gegen ein Fräulein schicken, und wäre ein recht nichtsnutziger Handel.

ROMEO. Empfiehl mich deinem Fräulein. Ich beteure dir —

WÄRTERIN. Du meine Zeit! Gewiß und wahrhaftig, das will ich ihr wieder sagen, O Jemine! sie wird sich vor Freude nicht zu lassen wissen.

ROMEO. Was willst du ihr sagen, gute Frau? Du gibst nicht Achtung.

WÄRTERIN. Ich will ihr sagen, daß ihr beteuert, und ich meine, das ist recht wie ein Kavalier gesprochen.

ROMEO. Sag ihr, sie mag' ein Mittel doch ersinnen,
Zur Beichte diesen Nachmittag zu gehn.
Dort in Lorenzos Zelle soll alsdann,
Wenn sie gebeichtet, unsre Trauung sein.
Hier ist für deine Müh.

WÄRTERIN. Nein, wahrhaftig, Herr! keinen Pfennig.

ROMEO. Nimm, sag' ich dir; du mußt.

WÄRTERIN. Heut nachmittag? Nun gut, sie wird euch treffen.

ROMEO. Du, gute Frau, wart' hinter der Abtei;
Mein Diener soll dir diese Stunde noch,
Geknüpft aus Seilen, eine Leiter bringen,
Die zu dem Gipfel meiner Freuden ich
Hinan will klimmen in geheimer Nacht.
Leb wohl! Sei treu, so lohn' ich deine Müh.
Leb wohl, empfiehl mich deinem Fräulein.

NURSE. Now God in heaven bless thee! Hark you, sir.

ROMEO. What say'st thou, my dear nurse?

NURSE. Is your man secret? Did you ne'er hear say,
Two may keep counsel, putting one away?

ROMEO. I warrant thee my man 's as true as steel.

NURSE. Well, sir; my mistress is the sweetest lady — Lord, Lord!
when 'twas a little prating thing — O, there's a nobleman in
town, one Paris, that would fain lay knife aboard; but she, good
soul, had as lieve see a toad, a very toad, as see him. I anger her
sometimes; and tell her that Paris is the properer man; but, I 'll
warrant you, when I say so, she looks as pale as any clout in the
versal world. Doth not rosemary and Romeo begin both with a
letter?

ROMEO. Ay, nurse; what of that? both with an R.

NURSE. Ah, mocker! that's the dog's name; R is for the — No;
I know it begins, with some other letter — and she hath die prettiest sententious of it, of you and rosemary, that it would do you
good to hear it.

ROMEO. Commend me to thy lady. *Exit Romeo.*

NURSE. Ay, a thousand times. Peter!

PETER. Anon?

NURSE. Peter, take my fan, and go before, and apace.
Exeunt.

SCENE V

THE SAME. CAPULET'S OCHARD

Enter Juliet.

JULIET. The clock struck nine when I did send the nurse;
In half an hour she promised to return.
Perchance she cannot meet him: that's not so.
O, she is lame! love's heralds should be thoughts,
Which ten times faster glide than the sun's beams
Driving back shadows over louring hills:
Therefore do nimble-pinioned doves draw Love,
And therefore hath the wind-swift Cupid wings.
Now is the sun upon the highmost hill
Of this day's journey, and from nine till twelve
Is three long hours, yet she is not come.

WÄRTERIN. Nun, Gott der Herr gesegn' es! — Hört, noch Eins!
ROMEO. Was willst du, gute Frau!
WÄRTERIN. Schweigt euer Diener? Habt ihr nie vernommen:
Wo zwei zu Rate gehn, laßt keinen Dritten kommen?
ROMEO. Verlaß dich drauf, der Mensch ist treu wie Gold.
WÄRTERIN. Nun gut, Herr! Meine Herrschaft ist ein allerliebs-
tes Fräulein. O Jemine! als sie noch so ein kleines Dingelchen
war — O da ist ein Edelmann in der Stadt, einer der Paris heißt,
der gern einhaken möchte; aber das gute Herz mag eben so lieb
eine Kröte sehn, eine rechte Kröte, als ihn. Ich ärgre sie zuweilen,
und sag' ihr: Paris war doch der hübscheste; aber ihr konnt mir's
glauben, wenn ich das sage, so wird sie so blaß wie ein Tischtuch.
Fängt nicht Rosmarin und Romeo mit demselben Buchstaben an?
ROMEO. Ja, gute Frau; beide mit einem R.
WÄRTERIN. Ach, Spaßvogel, warum nicht gar? Das schnurrt ja
wie'n Spinnrad. Nein, ich weiß wohl, es fängt mit einem andern
Buchstaben an, und sie hat die prächtigsten Reime und Sprich
wörter darauf, das euch das Herz im Leibe lachen tät', wenn ihr's
hörtet
ROMEO. Empfiehl mich deinem Fräulein. *Ab.*
WÄRTERIN. Ja wohl, viel tausendmal! — Peter!
PETER. Was beliebt?
WÄRTERIN. Peter, nimm meinen Fächer, und geh vorauf.
Beide ab.

SZENE V

CAPULETS GARTEN

Julia tritt auf.

JULIA. Neun schlug die Glock', als ich die Amme sandte.
In einer halben Stunde wollte sie
Schon wieder hier sein. Kann sie ihn vielleicht
Nicht treffen? Nein, das nicht. O sie ist lahm!
Zu Liebesboten taugen nur Gedanken,
Die zehnmal schneller fliehn als Sonnenstrahlen,
Wenn sie die Nacht von finstern Hügeln scheuchen.
Deswegen ziehn ja leichtbeschwingte Tauben
Der Liebe Wagen, und Cupido hat
Windschnelle Flügel. Auf der steilsten Höh'
Der Tagesreise steht die Sonne jetzt;
Von Neun bis Zwölf, drei lange Stunden sind's;

Had she affections, and warm youthful blood,
She 'd be as swift in motion as a ball;
My words would bandy her to my sweet love,
And his to me:
But old folks, many feign as they were dead;
Unwieldy, slow, heavy and pale as lead. —

Enter Nurse, with Peter.

O God, she comes! — O honey nurse, what news?
Hast thou met with him? Send thy man away.
NURSE. Peter, stay at the gate. *Exit Peter.*
JULIET.
Now, good sweet nurse, — O Lord, why look'st thou sad?
Though news be sad, yet tell them merrily;
If good, thou sham'st the music of sweet news
By playing it to me with so sour a face.
NURSE. I am aweary; give me leave awhile:
Fie, how my bones ache! What a jaunt have I had!
JULIET. I would thou hadst my bones, and I thy news.
Nay, come, I pray thee, speak; good, good nurse, speak.

NURSE. Jesu, what haste? can you not stay awhile?
Do you not see that I am out of breath?
JULIET. How art thou out of breath, when thou hast breath
To say to me that thou art out of breath?
The excuse that thou dost make in this delay
Is longer than the tale thou dost excuse.
Is thy news good, or bad? answer to that;
Say either, and I 'll stay the circumstance;
Let me be satisfied, is 't good or bad?
NURSE. Well, you have made a simple choice; you know not how
to choose a man. Romeo! no, not he; though his face be better
than any man's, yet his leg excels all men's; and for a hand, and a
foot, and a body, though they be not to be talked on, yet they are
past compare. He is not the flower of courtesy, but, I 'll warrant
him, as gentle as a lamb. Go thy ways, wench; serve God. What,
have you dined at home?

JULIET. No, no: but all this did I know before.
What says he of our marriage? What of that?
NURSE. Lord, how my head aches! what a head have I!

Und dennoch bleibt sie aus. O hätte sie
Ein Herz, und warmes jugendliches Blut,
Sie würde wie ein Ball behende fliegen;
Es schnellte sie mein Wort dem Trauten zu,
Und seines mir.
Doch Alte tun, als lebten sie nicht mehr,
Träg, unbehülflich, und wie Blei so schwer.

    Die Wärterin und Peter kommen.

O Gott, sie kommt! Was bringst du, goldne Amme?
Trafst du ihn an? Schick deinen Diener weg.
WÄRTERIN. Wart vor der Türe, Peter.
JULIA.
Nun, Mütterchen? Gott, warum blickst du traurig?
Ist dein Bericht schon traurig, gib ihn fröhlich;
Und klingt er gut, verdirb die Weise nicht,
Indem du sie mit saurer Miene spielst.
WÄRTERIN. Ich bin ermattet; laß ein Weilchen mich!
Das war `ne Jagd! das reißt in Gliedern mir!
JULIA. Ich wollt', ich hatte deine Neuigkeit,
Du meine Glieder. Nun, so sprich geschwind!
Ich bitt' dich, liebe Amme, sprich!
WÄRTERIN. Was für 'ne Hast! Könnt ihr kein Weilchen warten?
Seht ihr nicht, daß ich außer Atem bin?
JULIA. Wie außer Atem, wenn du Atem hast,
Um mir zu sagen, daß du keinen hast?
Der Vorwand deines Zögerns währt ja länger,
Als der Bericht, den du dadurch verzögerst.
Gib Antwort: bringst du Gutes oder Böses?
Nur das, so wart' ich auf das Näh're gern.
Beruh'ge mich! Ist's Gutes oder Böses?
WÄRTERIN. Ei, ihr habt mir eine recht einfältige Wahl getrof-
fen; ihr versteht auch einen Mann auszulesen! Romeo — ja, das
ist der rechte! — Er hat zwar ein hübscher Gesicht wie andre
Leute; aber seine Beine gehn über alle Beine, und Hand, und Fuß,
und die ganze Positur: — es läßt sich eben nicht viel davon sagen,
aber man kann sie mit nichts vergleichen. Er ist kein Ausbund
von feinen Manieren, doch wett' ich drauf, wie ein Lamm so
sanft. — Treib's nur so fort, Kind, und fürchte Gott! — Habt ihr
diesen Mittag zu Hause gegessen?
JULIA. Nein, nein! Doch all dies wußt' ich schon zuvor.
Was sagt er von der Trauung? Hurtig: was?
WÄRTERIN. O je, wie schmerzt der Kopf mir! Welch ein Kopf!

It beats as it would fall in twenty pieces.
My bade o' t' other side, — O, my back, my back!
Beshrew your heart for sending me about,
To catch my death with jaunting up and down.
JULIET. I' faith, I am sorry that thou art not well.
Sweet, sweet, sweet nurse, tell me, what says my love?

NURSE. Your love says, like an honest gentleman, and a cour-
teous, and a kind, and a handsome, and, I warrant, a virtuous,
— Where is your mother?
JULIET. Where is my mother! why, she is within;
Where should she be? How oddly thou repliest!
"Your love says, like an honest gentleman,
Where is your mother?"
NURSE.   O, God's lady dear!
Are you so hot? marry, come up, I trow;
Is this the poultice for my aching bones?
Henceforward do your messages yourself.
JULIET. Here's such a coil! — come, what says Romeo?
NURSE. Have you got leave to go to shrift to-day?
JULIET. I have.
NURSE. Then hie you hence to Friar Laurence' cell;
There stays a husband to make you a wife:
Now comes the wanton blood up in your cheeks,
They 'll be in scarlet straight at any news.
Hie you to church; I must another way,
To fetch a ladder, by the which your love
Must climb a bird's nest soon when it is dark;
I am the drudge, and toil in your delight;
But you shall bear the burden soon at night.
Go; I 'll to dinner; hie you to the cell.
JULIET. Hie to high fortune! — Honest nurse, farewell.
                          Exeunt.

SCENE VI

THE SAME. FRIAR LAURENCE'S CELL

Enter Friar Laurence and Romeo.

FRIAR. So smile the heavens upon this holy act,
That after-hours with sorrow chide us not!
ROMEO. Amen, amen! but come what sorrow can,

Er schlägt, als wollt' er gleich in Stücke springen.
Da hier mein Rücken, o mein armer Rücken!
Gott sei euch gnädig, daß ihr hin und her
So viel mich schickt, mich bald zu Tode hetzt.
JULIA. Im Ernst, daß du nicht wohl bist, tut mir leid.
Doch, beste, beste Amme, sage mir:
Was macht mein Liebster?
WÄRTERIN. Eur Liebster sagt, so wie ein wackrer Herr, — und
ein artiger und ein freundlicher, und ein hübscher Herr, und, auf
mein Wort, ein tugendsamer Herr. — Wo ist denn eure Mutter?
JULIA. Wo meine Mutter ist? Nun, sie ist drinnen;
Wo war sie sonst? Wie seltsam du erwiderst;
„Eur Liebster sagt, so wie ein wackrer Herr —
wo ist denn eure Mutter?"
WÄRTERIN.   Jemine!
Seid ihr so hitzig? Seht doch! kommt mir nur!
Ist das die Bähung für mein Gliederweh?
Geht künftig selbst, wenn ihr 'ne Botschaft habt.
JULIA. Das ist 'ne Not! Was sagt er? Bitte, sprich!
WÄRTERIN. Habt ihr Erlaubnis, heut zu beichten?
JULIA.   Ja.
WÄRTERIN. So macht euch auf zu eures Paters Zelle,
Da harrt ein Mann, um euch zur Frau zu machen.
Nun steigt das lose Blut euch in die Wangen;
Gleich sind sie Scharlach, wenn's was Neues gibt
Eilt ihr zur Trauung: ich muß sonst wohin,
Die Leiter holen, die der liebste bald
Zum Nest hinan, wenn's Nacht wird, klimmen soll.
Ich bin das Lasttier, muß für euch mich plagen,
Doch ihr sollt eure Last zu Nacht schon tragen.
Ich will zur Mahlzeit erst; eilt ihr zur Zelle hin.
JULIA. Zu hohem Glücke, treue Pflegerin!
Beide ab.

SZENE VI

BRUDER LORENZOS ZELLE

Lorenzo und Romeo.

LORENZO. Der Himmel lächle so dem heil'gen Bund,
Daß künft'ge Tag' uns nicht durch Kummer schelten.
ROMEO. Amen! So sei's! Doch laß den Kummer kommen,

It cannot countervail the exchange of joy
That one short minute gives me in her sight.
Do thou but close our hands with holy words,
Then love-devouring death do what he dare,
It is enough I may but call her mine.

FRIAR. These violent delights have violent ends,
And in their triumph die, like fire and powder,
Which as they kiss consume: the sweetest honey
Is loathsome in his own deliciousness
And in the taste confounds the appetite:
Therefore love moderately; long love doth so;
Too swift arrives as tardy as too slow.
Enter Juliet.
Here comes the lady: O, so light a foot
Will ne'er wear out the everlasting flint.
A lover may bestride the gossamer
That idles in the wanton summer air,
And yet not fall; so light is vanity.
JULIET. Good even to my ghostly confessor.
FRIAR. Romeo shall thank thee, daughter, for us both.
JULIET. As much to him, else' is his thanks too much.
ROMEO. Ah, Juliet, if the measure of thy joy
Be heap'd like mine, and that thy skill be more
To blazon it, then sweeten with thy breath
This neighbour air, and let rich music's tongue
Unfold the imagined happiness that both
Receive in either by this dear encounter.
JULIET. Conceit, more rich in matter than in words,
Brags of his substance, not of ornament:
They are but beggars that can count their worth;
But my true love is grown to such excess
I cannot sum up sum of half my wealth.
FRIAR.
Come, come with me, and we will make short work;
For, by your leaves, you shall not stay alone
Till holy church incorporate two in one.
Exeunt.

So sehr er mag: wiegt er die Freuden auf,
Die mir in *ihrem* Anblick eine flücht'ge
Minute gibt? Füg unsre Hände nur
Durch deinen Segensspruch in eins, dann tue
Sein Äußerstes der Liebeswürger Tod:
Genug, daß ich nur mein sie nennen darf.

LORENZO. So wilde Freude nimmt ein wildes Ende,
Und stirbt im höchsten Sieg, wie Feu'r und Pulver
Im Kusse sich verzehrt. Die Süßigkeit
Des Honigs widert durch ihr Übermaß,
Und im Geschmack erstickt sie unsre Lust.
Drum liebe mäßig, solche Lieb' ist stät:
Zu hastig und zu träge kommt gleich spät.
                    Julia tritt auf.
Hier kommt das Fräulein, sieh!
Mit leichtem Tritt, der keine Blume biegt;
Sieh, wie die Macht der Lieb' und Wonne siegt!

JULIA. Ehrwürd'ger Herr, ich sag' euch guten Abend.
LORENZO. Für mich und sich dankt Romeo, mein Kind.
JULIA. Es gilt ihm mit, sonst wär sein Dank zu viel.
ROMEO. Ach Julia! Ist deiner Freude Maß
Gehäuft wie meins, und weißt du mehr die Kunst,
Ihr Schmuck zu leihn, so würze rings die Luft
Durch deinen Hauch; laß des Gesanges Mund
Die Seligkeit verkünden, die wir beide
Bei dieser teuren Näh' im andern finden.
JULIA. Gefühl, an Inhalt reicher als an Worten,
Ist stolz auf seinen Wert, und nicht auf Schmuck.
Nur Bettler wissen ihres Guts Betrag.
Doch meine treue Liebe stieg so hoch,
Daß keine Schätzung ihre Schätz' erreicht.
LORENZO.
Kommt, kommt mit mir! wir schreiten gleich zur Sache.
Ich leide nicht, daß ihr allein mir bleibt,
Bis euch die Kirch' einander einverleibt.
                    Alle ab.

ACT THE THIRD

SCENE I

VERONA. A PUBLIC PLACE

Enter Mercutio, Benvolio, Page, and Servants.

BENVOLIO. I pray thee, good Mercutio, let's retire:
The day is hot, the Capulets abroad,
And, if we meet, we shall not scape a brawl;
For now, these hot days, is the mad blood stirring.
MERCUTIO. Thou art like one of those fellows that when he
enters the confines of a tavern claps me his sword upon the table
and says, "God send me no need of thee!" and by the operation
of the second cup draws it on the drawer, when indeed there is
no need.
BENVOLIO. Am I like such a fellow?
MERCUTIO. Come, come, thou art as hot a Jack in thy mood as
any in Italy, and as soon moved to be moody, and as soon moody
to be moved.
BENVOLIO. And what to?
MERCUTIO. Nay, an there were two such, we should have none
shortly, for one would kill the other. Thou! why, thou wilt quarrel
with a man that hath a hair more or a hair less in his beard than
thou hast. Thou wilt quarrel with a man for cracking nuts, having
no other reason but because thou hast hazel eyes; what eye, but
such an eye, would spy out such a quarrel? Thy head is as full
of quarrels as an egg is full of meat, and yet thy head hath been
beaten as addle as an egg for quarrelling. Thou hast quarrelled
with a man for coughing in the street, because he hath wakened
thy dog that hath lain asleep in the sun. Didst thou not fall out
with a tailor for wearing his new doublet before Easter? with another, for tying his new shoes with old riband? and yet thou wilt
tutor me from quarrelling!

BENVOLIO. An I were so apt to quarrel as thou art, any man
should buy the fee-simple of my life for an hour and a quarter.
MERCUTIO. The fee-simple! O simple!
Enter Tybalt and others.
BENVOLIO. By my head, here come the Capulets.
MERCUTIO. By my heel, I care not.

AKT III

SZENE I

EIN ÖFFENTLICHER PLATZ

Mercutio, Benvolio, Page und Bediente.

BENVOLIO. Ich bitt' dich, Freund, laß uns nach Hause gehn!
Der Tag ist heiß, die Capulets sind draußen,
Und treffen wir, so gibt es sicher Zank:
Denn bei der Hitze tobt das tolle Blut.
MERCUTIO. Du bist mir so ein Zeisig, der, sobald er die Schwel-
le eines Wirtshauses betritt, mit dem Degen auf den Tisch schlägt
und ausruft: Gebe Gott, daß ich dich nicht nötig habe! und
wenn ihm das zweite Glas im Kopfe spukt, so zieht er
gegen den Kellner, wo er es freilich nicht nötig hätte.
BENVOLIO. Bin ich so ein Zeisig?
MERCUTIO. Ja, ja! Du bist in deinem Zorn ein so hitziger Bursch,
als einer in ganz Italien; eben so ungestüm in deinem Zorn, und
ebenso zornig in deinem Ungestüm.
BENVOLIO. Nun, was weiter?
MERCUTIO. Ei, wenn es euer zwei gäbe, so hätten wir bald gar
keinen, sie brächten sich untereinander um. Du! Wahrhaftig du
zankst mit einem, weil er ein Haar mehr oder weniger im Barte
hat wie du. Du zankst mit einem, der Nüsse knackt, aus keinem
andern Grunde, als weil du nußbraune Augen hast. Welch ande-
res Auge würde wohl solche Händel ausfindig machen? Dein
Kopf ist so voll Zänkereien, wie ein Ei voll Dotter, und doch ist
dir der Kopf für dein Zanken schon dotterweich geschlagen. Du
hast mit einem angebunden, der auf der Straße hustete, weil er
deinen Hund aufgeweckt, der in der Sonne schlief. Hast du nicht
mit einem Schneider Händel gehabt, weil er sein neues Wams vor
Ostern trug? Mit einem andern, weil er neue Schuhe mit einem
alten Bande zuschnürte? Und doch willst du mich über Zänkereien hofmeistern!
BENVOLIO. Ja, wenn ich so leicht zankte wie du, so würde
niemand eine Leibrente auf meinen Kopf nur für anderthalb
Stunden kaufen wollen
MERCUTIO. Auf deinen Kopf? O Tropf!
Tybalt und andre kommen.
BENVOLIO. Bei meinem Kopf! Da kommen die Capulets.
MERCUTIO. Bei meiner Sohle! Mich kümmert's nicht.

TYBALT.

Follow me close, for I will speak to them.—

Gentlemen, good den; a word with one of you.

MERCUTIO. And but one word with one of us? couple it with
something; make it a word and a blow.

TYBALT. You shall find me apt enough to that, sir, an you will
give me occasion.

MERCUTIO.

Could you not take some occasion without giving?

TYBALT. Mercutio, thou consort'st with Romeo, —

MERCUTIO. Consort! what, dost thou make us minstrels? an
thou make minstrels of us, look to hear nothing but discords:
here's my fiddlestick; here's that shall make you dance. 'Zounds,
consort!

BENVOLIO. We talk here in the public haunt of men:

Either withdraw unto some private place,

Or reason coldly of your grievances,

Or else depart; here all eyes gaze on us.

MERCUTIO. Men's eyes were made to look, and let them gaze;

I will not budge for no man's pleasure, I.

Enter Romeo.

TYBALT. Well, peace be with you, sir; here comes my man.

MERCUTIO.

But I 'll be hang'd, sir, if he wear your livery:

Marry, go before to field, he 'll be your follower; Your worship in
that sense may call him "man".

TYBALT. Romeo, the love I bear thee can afford

No better terms than this, — thou art a villain.

ROMEO. Tybalt, the reason that I have to love thee

Doth much excuse the appertaining rage

To such a greeting: villain am I none;

Therefore farewell; I see thou know'st me not.

TYBALT. Boy, this shall not excuse the injuries

That thou hast done me; therefore turn and draw.

ROMEO. I do protest I never injured thee,

But love thee better than thou canst devise,

Till thou shalt know the reason of my love:

And so, good Capulet, which name I tender

As dearly as mine own, be satisfied.

MERCUTIO. O calm, dishonourable, vile submission!

TYBALT *Zu seinen Leuten.*

Schließt euch mir an, ich will mit ihnen reden. —

Guten Tag, ihr Herren! Ein Wort mit euer einem!

MERCUTIO. Nur Ein Wort mit Einem von uns? Gebt noch was zu: laßt es ein Wort and ein Schlag sein.

TYBALT. Dazu werdet ihr mich bereit genug finden, wenn ihr mir Anlaß gebt.

MERCUTIO.

Könntet ihr ihn nicht nehmen, ohne daß wir ihn gäben?

TYBALT. Mercutio, du harmonierst mit Romeo.

MERCUTIO. Harmonierst? Was? Machst du uns zu Musikanten? Wenn du uns zu Musikanten machen willst, so sollst du auch nichts als Dissonanzen zu hören kriegen. Hier ist mein Fiedelbogen; wart! der soll euch tanzen lehren. Alle Wetter! Über das Harmonieren!

BENVOLIO. Wir reden hier auf öffentlichem Markt,

Entweder sucht euch einen stillern Ort,

Wo nicht, besprecht euch kühl von eurem Zwist.

Sonst geht! Hier gafft ein jedes Aug' auf uns.

MERCUTIO. Zum Gaffen hat das Volk die Augen: laßt sie!

Ich weich' und wank' um keines willen, ich!

Romeo tritt auf.

TYBALT. Herr, zieht in Frieden! Hier kommt mein Gesell.

MERCUTIO.

Ich will gehängt sein, Herr, wenn ihr sein Meister seid.

Doch stellt euch nur, er wird sich zu euch halten;

In *dem* Sinn mögen Eure Gnaden wohl

Gesell ihn nennen.

TYBALT. Hör, Romeo! Der Haß, den ich dir schwur,

Gönnt diesen Gruß dir nur: du bist ein Schurke!

ROMEO. Tybalt, die Ursach', die ich habe, dich

Zu lieben, mildert sehr die Wut, die sonst

Auf diesen Gruß sich ziemt'. Ich bin kein Schurke,

Drum lebe wohl! Ich seh', du kennst mich nicht.

TYBALT. Nein, Knabe! dies entschuldigt nicht den Hohn,

Den du mir angetan: Kehr' um und zieh!

ROMEO. Ich schwöre dir, nie tat ich Hohn dir an.

Ich liebe mehr dich, als du denken kannst,

Bis du die Ursach' meiner Liebe weißt.

Drum, guter Capulet, ein Name, den

Ich wert wie meinen halte, sei zufrieden!

MERCUTIO. O zahme, schimpfliche, verhaßte Demut!

Alla stoccata carries it away. *Draws.*
Tybalt, you rat-catcher, will you walk?
TYBALT. What wouldst thou have with me?
MERCUTIO. Good king of cats, nothing but one of your nine lives,
that I mean to make bold withal, and, as you shall use me here-
after, dry-beat the rest of the eight. Will you pluck your sword
out of his pilcher by the ears? make haste, lest mine be about
your ears ere it be out.
TYBALT. I am for you. *Drawing.*
ROMEO. Gentle Mercutio, put thy rapier up.
MERCUTIO. Come, sir, your passado. *They fight.*
ROMEO. Draw, Benvolio; beat down their weapons.
Gentlemen, for shame, forbear this outrage!
Tybalt, Mercutio, the prince expressly hath
Forbid this bandying in Verona streets.
Hold, Tybalt! good Mercutio!
                    Exeunt Tybalt and his Partisans.
MERCUTIO.   I am hurt,
A plague o' both your houses! I am sped.
Is he gone, and hath nothing?
BENVOLIO.   What, art thou hurt?
MERCUTIO. Ay, ay, a scratch, a scratch, marry, 'tis enough.
Where is my page? Go, villain, fetch a surgeon.
                    Exit Page.
ROMEO. Courage, man; the hurt cannot be much.

MERCUTIO. No, 'tis not so deep as a well, nor so wide as a
church-door; but 'tis enough, 'twill serve: ask for me to-morrow,
and you shall find me a grave man. I am peppered, I warrant, for
this world. — A plague o' both your houses! — 'Zounds! a dog, a
rat, a mouse, a cat, to scratch a man to death! a braggart, a rogue,
a villain, that fights by the book of arithmetic! — Why the devil
came you between us? I was hurt under your arm.

ROMEO. I thought all for the best.
MERCUTIO. Help me into some house, Benvolio,
Or I shall faint. A plague o' both your houses!
They have made worms' meat of me: I have it,
And soundly too: your houses!
                    Exeunt Mercutio and Benvolio.
ROMEO. This gentleman, the prince's near ally,

Die Kunst des Raufers trägt den Sieg davon. — *Er zieht.*
Tybalt, du Rattenfänger! Willst du dran?
TYBALT. Was willst du denn von mir?
MERCUTIO. Wollt ihr bald euren Degen bei den Ohren aus der
Scheide ziehn? Macht zu, sonst habt ihr meinen um die Ohren,
eh' er heraus ist.

TYBALT. Ich steh' zu Dienst. *Er zieht.*
ROMEO. Lieber Mercutio, steck' den Degen ein.
MERCUTIO. Kommt, Herr! Laßt eure Finten sehn. *Sie fechten.*
ROMEO. Zieh, Benvolio!
Schlag zwischen ihre Degen! Schämt euch doch,
Und haltet ein mit Wüten! Tybalt! Mercutio!
Der Prinz verbot ausdrücklich solchen Aufruhr
In Veronas Gassen. Halt, Tybalt! Freund Mercutio!
       Tybalt entfernt sich mit seinen Anhängern.
MERCUTIO. Ich bin verwundet. —
Zum Teufel Beider Sippschaft! Ich bin hin.
Und ist er fort? und hat nichts abgekriegt?
BENVOLIO. Bist du verwundet? wie?
MERCUTIO. Ja, ja! geritzt! geritzt! — Wetter, `s ist genug. — Wo
ist mein Bursch? — Geh, Schurk'! hol einen Wundarzt.
       Der Page geht ab.
ROMEO. Sei guten Muts, Freund! Die Wunde kann nicht be-
trächtlich sein.
MERCUTIO. Nein, nicht so tief wie ein Brunnen, noch so weit
wie eine Kirchtüre; aber es reicht eben hin. Fragt morgen nach
mir, und ihr werdet einen stillen Mann an mir finden. Für diese
Welt, glaubt's nur, ist mir der Spaß versalzen. — Hol' der Henker
eure beiden Häuser! — Was? von einem Hunde, einer Maus, einer
Ratze, einer Katze zu Tode gekratzt zu werden! Von so einem
Prahler, einem Schuft, der nach dem Rechenbuche ficht! — Wa-
rum Teufel kamt ihr zwischen uns? Unter eurem Arm wurde ich
verwundet.
ROMEO. Ich dacht' es gut zu machen.
MERCUTIO. O hilf mir in ein Haus hinein, Benvolio, Sonst sink'
ich hin. — Zum Teufel eure Häuser!
Sie haben Würmerspeis' aus mir gemacht.
Ich hab' es tüchtig weg; verdammte Sippschaft!
       Mercutio und Benvolio ab.
 ROMEO. Um meinetwillen wurde dieser Ritter,

My very friend, hath got his mortal hurt
In my behalf; my reputation stain'd
With Tybalt's slander, — Tybalt, that an hour
Hath been my cousin. O sweet Juliet,
Thy beauty hath made me effeminate,
And in my temper soften'd valour's steel!

Re-enter Benvolio.

BENVOLIO. O Romeo, Romeo, brave Mercutio's dead!
That gallant spirit hath aspired the clouds,
Which too untimely here did scorn the earth.
ROMEO. This day's black fate on more days doth depend;
This but begins the woe others must end.

Re-enter Tybalt.

BENVOLIO. Here comes the furious Tybalt back again.
ROMEO. Alive, in triumph! and Mercutio slain!
Away to heaven, respective lenity,
And fire-eyed fury be my conduct now! —
Now, Tybalt, take the "villain" back again
That late thou gavest me I for Mercutio's soul
Is but a little way above our heads,
Staying for thine to keep him company:
Either thou, or I, or both, must go with him.
TYBALT. Thou, wretched boy, that didst consort him here,
Shalt with him hence.
ROMEO. This shall determine that.

They fight; Tybalt falls.

BENVOLIO. Romeo, away! be gone!
The citizens are up, and Tybalt slain:
Stand not amazed: the prince will doom thee death,
If thou art taken: hencel be gone! away!
ROMEO. O, I am fortune's fool!
BENVOLIO. Why dost thou stay?

Exit Romeo.
Enter Citizens, etc.

FIRST CITIZEN. Which way ran he that kill'd Mercutio?
Tybalt, that murderer, which way ran he?
BENVOLIO. There lies that Tybalt
FIRST CITIZEN. Up, sir, go with me;
I charge thee in the prince's name, obey.

Enter Prince, attended; Montague, Capulet, their Wives,
and others.

Dem Prinzen nah verwandt, mein eigner Freund,
Verwundet auf den Tod; mein Ruf befleckt
Durch Tybalts Lästerungen, Tybalts, der
Seit einer Stunde mir verschwägert war,
O süße Julia! deine Schönheit hat
So weibisch mich gemacht; sie hat den Stahl
Der Tapferkeit in meiner Brust erweicht.

Benvolio kommt zurück.

BENVOLIO. O Romeo! der wackre Freund ist tot,
Sein edler Geist schwang in die Wolken sich,
Der allzufrüh der Erde Staub verschmäht.
ROMEO. Nichts kann den Unstern dieses Tages wenden;
Er hebt das Weh an: andre müssen's enden.

Tybalt kommt zurück.

BENVOLIO. Da kommt der grimm'ge Tybalt wieder her.
ROMEO. Am Leben! siegreich! und mein Freund erschlagen!
Nun flieh gen Himmel, schonungsreiche Milde!
Entflammte Wut, sei meine Führerin!
Nun, Tybalt, nimm den Schurken wieder, den du
Mir eben gabst! Der Geist Mercutios
Schwebt nah noch über unsern Häuptern hin,
Und harrt, daß deiner sich zu ihm geselle.
Du oder ich! sonst folgen wir ihm beide.
TYBALT. Elendes Kind! hier hieltest du's mit ihm,
Und sollst mit ihm von hinnen.
ROMEO.   Dies entscheide.

Sie fechten, Tybalt fällt.

BENVOLIO. Flieh, Romeo! die Bürger sind in Wehr,
Und Tybalt tot. Steh so versteinert nicht!
Flieh, flieh! der Prinz verdammt zum Tode dich,
Wenn sie dich greifen. Fort! hinweg mit dir!
ROMEO. Weh mir, ich Narr des Glücks!
BENVOLIO.   Was weilst du noch?

Romeo ab.
Bürger usw. treten auf.

EIN BÜRGER. Wo lief er hin, der den Mercutio totschlug?
Der Mörder Tybalt? hat ihn wer gesehen?
BENVOLIO. Da liegt der Tybalt.
EIN BÜRGER.   Herr, gleich müßt ihr mit mir gehn.
Gehorcht! Ich mahn' euch von des Fürsten wegen.

Der Prinz mit Gefolge, Montague, Capulet, ihre
Gemahlinnen und andre.

PRINCE. Where are the vile beginners of this fray?
BENVOLIO. O noble prince, I can discover all
The unlucky manage of this fatal brawl:
There lies the man, slain by young Romeo,
That slew thy kinsman, brave Mercutio.
LADY CAPULET.
Tybalt, my cousin! O my brother's child!
O prince! O cousin! Husband! O, the blood is spill'd
Of my dear kinsman! — Prince, as thou art true,
For blood of ours, shed blood of Montague.
O cousin, cousin!
PRINCE. Benvolio, who began this bloody fray?
BENVOLIO. Tybalt, here slain, whom Romeo's hand did slay:
Romeo, that spoke him fair, bid him bethink
How nice the quarrel was, and urged withal
Your high displeasure: all this uttered
With gentle breath, calm look, knees humbly bow'd,
Could not take truce with the unruly spleen
Of Tybalt deaf to peace, but that he tilts
With piercing steel at bold Mercutio's breast;
Who, all as hot, turns deadly point to point,
And, with a martial scorn, with one hand beats
Cold death aside, and with the other sends
It back to Tybalt, whose dexterity
Retorts it: Romeo he cries aloud,
"Hold, friends! friends, part!" and, swifter than his tongue,
His agile arm beats down their fatal points,
And 'twixt them rushes; underneath whose arm
An envious thrust from Tybalt hit the life
Of stout Mercutio, and then Tybalt fled;
But by and by comes back to Romeo,
Who had but newly entertain'd revenge,
And to 't they go like lightning; for, ere I
Could draw to part them, was stout Tybalt slain;
And as he fell, did Romeo turn and fly:
This is the truth or let Benvolio die.

LADY CAPULET. He is a kinsman to the Montague,
Affection makes him false, he speaks not true:
Some twenty of them fought in this black strife,
And all those twenty could but kill one life.

PRINZ. Wer durfte freventlich hier Streit erregen?
BENVOLIO. O edler Fürst, ich kann verkünden, recht
Nach seinem Hergang, dies unselige Gefecht
Der deinen wackern Freund Mercutio
Erschlagen, liegt hier tot, entleibt vom Romeo.
GRÄFIN CAPULET.
Mein Vetter! Tybalt! Meines Bruders Kind! —
O Fürst! O mein Gemahl! O seht, noch rinnt
Das teure Blut! — Mein Fürst, bei Ehr' und Huld,
Im Blut der Montagues tilg ihre Schuld! —
O Vetter, Vetter!
PRINZ. Benvolio, sprich: wer hat den Streit erregt?
BENVOLIO. Der tot hier liegt, vom Romeo erlegt
Viel gute Worte gab ihm Romeo,
Hieß ihn bedenken, wie gering der Anlaß,
Wie sehr zu fürchten euer höchster Zorn.
Dies alles, vorgebracht mit sanftem Ton,
Gelaßnem Blick, bescheidner Stellung, konnte
Nicht Tybalts ungezähmte Wut entwaffnen.
Dem Frieden taub, berennt mit scharfem Stahl
Er die entschloßne Brust Mercutios.
Der kehrt, gleich rasch, ihm Spitze gegen Spitze,
Und wehrt mit Kampfertrotz mit *einer* Hand
Den kalten Tod ab, schickt ihn mit der andern
Dem Gegner wieder, des Behendigkeit
Zurück ihn schleudert. Romeo ruft laut:
Halt Freunde! auseinander! Und geschwinder
Als seine Zunge schlägt sein rüst'ger Arm,
Dazwischen stürzend, beider Mordstahl nieder.
Recht unter diesem Arm traf des Mercutio Leben
Ein falscher Stoß vom Tybalt. Der entfloh.
Kam aber gleich zum Romeo zurück,
Der eben erst der Rache Raum gegeben.
Nun fallen sie mit Blitzes Eil' sich an;
Denn eh' ich ziehen konnt', um sie zu trennen,
War der beherzte Tybalt umgebracht
Er fiel, und Romeo, bestürzt, entwich.
Ich rede wahr, sonst führt zum Tode mich.
GRÄFIN CAPULET. Er ist verwandt mit Montagues Geschlecht;
Aus Freundschaft spricht er falsch, verletzt das Recht
Die Fehd' erhoben sie zu ganzen Horden,
Und alle konnten nur ein Leben morden.

I beg for justice, which thou, prince, must give;
Romeo slew Tybalt, Romeo must not live.
PRINCE. Romeo slew him, he slew Mercutio;
Who now the price of his dear blood doth owe?
MONTAGUE. Not Romeo, prince, he was Mercutio's friend;
His fault concludes but what the law should end,
The life of Tybalt
PRINCE.   And for that offence
Immediately we do exile him hence:
I have an interest in your hate's proceeding.
My blood for your rude brawls doth lie a-bleeding;
But I'll amerce you with so strong a fine
That you shall all repent the loss of mine:
I will be deaf to pleading and excuses;
Nor tears nor prayers shall purchase out abuses;
Therefore use none: let Romeo hence in haste.
Else, when he's found, that hour is his last.
Bear hence this body and attend our will:
Mercy but murders, pardoning those that kill. *Exeunt.*

SCENE II

THE SAME. CAPULET'S ORCHARD

Enter Juliet.

JULIET. Gallop apace, you fiery-footed steeds,
Towards Phoebus' lodging: such a waggoner
As Phaethon would whip you to the west,
And bring in cloudy night immediately.
Spread thy close curtain, love-performing night,
That runaway's eyes may wink, and Romeo
Leap to these arms, untalk'd of and unseen.
Lovers can see to do their amorous rites
By their own beauties; or, if love be blind,
It best agrees with night. Come, civil night,
Thou sober-suited matron, all in black,
And learn me how to lose a winning match,
Play'd for a pair of stainless maidenhoods:
Hood my unmann'd blood, bating in my cheeks,
With thy black mantle, till strange love grown bold
Think true love acted simple modesty.

Ich fleh' um Recht; Fürst, weise mich nicht ab;
Gib Romeo'n, was er dem Tybalt gab.
PRINZ. Er hat Mercutio, ihn Romeo erschlagen:
Wer soll die Schuld des teuren Blutes tragen?
GRÄFIN MONTAGUE. Fürst, nicht mein Sohn, der Freund Mercutios;
Was dem Gesetz doch heimfiel, nahm er bloß,
Das Leben Tybalts.
PRINZ.   Weil er das verbrochen,
Sei über ihn sofort der Bann gesprochen.
Mich selber trifft der Ausbruch eurer Wut,
Um euren Zwiespalt fließt mein eignes Blut.
Allein ich will dafür so streng euch büßen,
Daß mein Verlust euch ewig soll verdrießen.
Taub bin ich jeglicher Beschönigung;
Kein Flehn, kein Weinen kauft Begnadigung,
Drum spart sie: Romeo flieh' schnell von hinnen!
Greift man ihn, soll er nicht dem Tod entrinnen.
Tragt diese Leiche weg. Vernehmt mein Wort!
Wenn Gnade Mörder schont, verübt sie Mord! *Alle ab.*

SZENE II

EIN ZIMMER IN CAPULETS HAUSE

Julia tritt auf.

JULIA. Hinab, du flammenhufiges Gespann,
Zu Phöbus' Wohnung! Solch ein Wagenlenker
Wie Phaethon, jagt' euch gen Westen wohl,
Und brächte schnell die wolk'ge Nacht herauf. —
Verbreite deinen dichten Vorhang, Nacht!
Du Liebespflegerin! Damit das Auge
Der Neubegier sich schließ', und Romeo
Mir unbelauscht in diese Arme schlüpfe. —
Verliebten gnügt zu der geheimen Weihe
Das Licht der eignen Schönheit; oder wenn
Die Liebe blind ist, stimmt sie wohl zur Nacht. —
Komm, ernste Nacht, du züchtig stille Frau,
Ganz angetan mit Schwarz, und lehre mir
Ein Spiel, wo jedes reiner Jugend Blüte
Zum Pfande setzt, gewinnend zu verlieren!
Verhülle mit dem schwarzen Mantel mir
Das wilde Blut, das in den Wangen flattert,

Come, night, come, Romeo, come, thou day in night;
For thou wilt lie upon the wings of night
Whiter than new snow on a raven's back.
Come, gentle night, come, loving, black-brow'd night,
Give me my Romeo; and, when he shall die,
Take him and cut him out in little stars,
And he will make the face of heaven so fine
That all the world will be in love with night,
And pay no worship to the garish sun.
O, I have bought the mansion of a love,
But not possess'd it, and though I am sold,
Not yet enjoy'd; so tedious is this day
As is the night before some festival
To an impatient child that hath new robes
And may not wear them. — O, here comes my nurse;

Enter Nurse, with cords.

And she brings news, and every tongue that speaks
But Romeo's name speaks heavenly eloquence. —
Now, nurse, what news? What hast thou there? the cords
That Romeo bid thee fetch?

NURSE.   Ay, ay, the cords.
                    Throws them down.
JULIET. Ay me! what news? why dost thou wring thy hands?
NURSE. Ah, well-a-day! he's dead, he's dead, he's dead!
We are undone, lady, we are undone.
Alack the day! - he 's gone, he 's kill'd, he 's dead!
JULIET. Can heaven be so envious?
NURSE.   Romeo can,
Though heaven cannot. O, Romeo, Romeo! —
Who ever would have thought it? — Romeo!
JULIET. What devil art thou that dost torment me thus?
This torture should be roar'd in dismal hell.
Hath Romeo slain himself? say thou but "I,"
And that bare vowel "I" shall poison more
Than the death-darting eye of cockatrice:
I am not I, if there be such an "I,"
Or those eyes shut that make thee answer "I."
If he be slain say "I"; or if not, no:
Brief sounds determine of my weal or woe.

Bis scheue Liebe kühner wird, und nichts
Als Unschuld sieht in inn'ger liebe Tun.
Komm, Nacht! — Komm, Romeo, du Tag in Nacht!
Denn du wirst ruhn auf Fittigen der Nacht,
Wie frischer Schnee auf eines Raben Rücken —
Komm, milde, liebevolle Nacht! Komm, gib
Mir meinen Romeo! Und stirbt er einst,
Nimm ihn, zerteil' in kleine Sterne ihn:
Er wird des Himmels Antlitz so verschönen,
Daß alle Welt sich in die Nacht verliebt,
Und niemand mehr der eitlen Sonne huldigt. —
Ich kaufte einen Sitz der Liebe mir,
Doch ach! besaß ihn nicht; ich bin verkauft,
Doch noch nicht übergeben. Dieser Tag
Wahrt so verdrießlich lang mir, wie die Nacht
Vor einem Fest dem ungeduld'gen Kinde,
Das noch sein neues Kleid nicht tragen durfte.

Die Wärterin mit einer Strickleiter.

Da kommt die Amme ja: die bringt Bericht;
Und jede Zunge, die nur Romeo'n
Beim Namen nennt, spricht so beredt wie Engel.
Nun, Amme? Sag, was gibt's? was hast du da?
Die Stricke, die dich Romeo ließ holen?
WÄRTERIN. Ja, ja, die Stricke!

Sie wirft sie auf die Erde.

JULIA. Weh mir! Was gibt's? was ringst du so die Hände?
WÄRTERIN. Daß Gott erbarm'! Er ist tot, er ist tot, er ist tot!
Wir sind verloren, Fräulein, sind verloren!
O weh uns! Er ist hin! ermordet! tot!
JULIA. So neidisch kann der Himmel sein?
WÄRTERIN. Ja, das kann Romeo; der Himmel nicht.
O Romeo, wer hätt' es je gedacht?
O Romeo! Romeo!
JULIA. Wer bist du, Teufel, der du so mich folterst? Die grause
Hölle nur brüllt solche Qual.
Hat Romeo sich selbst ermordet? Sprich!
Ist er entleibt: sag' ja! wo nicht: sag' nein!
Ein kurzer Laut entscheidet Wonn' und Pein.

NURSE. I saw the wound, I saw it with mine eyes, —
God save the mark! — here on his manly breast:
A piteous corse, a bloody piteous corse;
Pale, pale as ashes, all bedaub'd in blood,
All in gore blood; I swounded at the sight.
JULIET. O, break, my heart! poor bankrupt, break at once!
To prison, eyes, ne'er look on liberty!
Vile earth, to earth resign, end motion here,
And thou and Romeo press one heavy bier!

NURSE. O Tybalt, Tybalt, the best friend I had!
O courteous Tybalt! honest gentleman!
That ever I should live to see thee dead!
JULIET. What storm is this that blows so contrary?
Is Romeo slaughter'd, and is Tybalt dead?
My dearest cousin, and my dearer lord?
Then, dreadful trumpet, sound the general doom!
For who is living if those two are gone?
NURSE. Tybalt is gone, and Romeo banished;
Romeo, that kill'd him, he is banished.
JULIET. O God! — did Romeo's hand shed Tybalt's blood?
NURSE. It did, it did; alas the day, it did!
JULIET. O serpent heart, hid with a flowering face!
Did ever dragon keep so fair a cave?
Beautiful tyrant! fiend angelical!
Dove-feather'd raven! wolvish-ravening lamb!
Despised substance of divinest show!
Just opposite to what thou justly seem'st;
A damned saint, an honourable villain!
O nature, what hadst thou to do in hell
When thou didst bower the spirit of a fiend
In mortal paradise of such sweet flesh?
Was ever book containing such vile matter
So fairly bound? O, that deceit should dwell
In such a gorgeous palace!

NURSE. There's no trust,
No faith, no honesty in men; all perjured,
All forsworn, all naught, all dissemblers.
Ah, where's my man? give me some aqua vitae:
These griefs, these woes, these sorrows make me old.
Shame come to Romeo!

WÄRTERIN. Ich sah die Wunde — meine Augen sahn sie —
Verhüte Gott! — hier auf seiner tapfern Brust;
Die blut'ge Leiche, jämmerlich und blutig,
Bleich, bleich wie Asche, ganz mit Blut besudelt —
Ganz starres Blut — weg schwiemt' ich, da ich's sah.
JULIA. O brich, mein Herz! verarmt auf einmal, brich!
Ihr Augen, ins Gefängnis! Blicket nie
Zur Freiheit wieder auf! Elende Erde, kehre
Zur Erde wieder! Pulsschlag, hemme dich!
Ein Sarg empfange Romeo und mich!
WÄRTERIN. O Tybalt, Tybalt! O mein bester Freund!
Leutsel'ger Tybalt! wohlgesinnter Herr!
So mußt' ich leben, um dich tot zu sehn?
JULIA. Was für ein Sturm tobt so von jeder Seite?
Ist Romeo erschlagen? Tybalt tot?
Mein teurer Vetter? teuerster Gemahl? —
Dann töne nur, des Weltgerichts Posaune!
Wer lebt noch, wenn dahin die beiden sind?
WÄRTERIN. Dahin ist Tybalt, Romeo verbannt;
Verbannt ist Romeo, der ihn erschlug.
JULIA. Gott! seine Hand, vergöß sie Tybalts Blut?
WÄRTERIN. Sie tat's! sie tat's! O weh uns, weh! Sie tat's!
JULIA. O Schlangenherz, von Blumen überdeckt!
Wohnt' in so schöner Höhl' ein Drache je?
Holdsel'ger Wütrich! engelgleicher Unhold!
Ergrimmte Taube! Lamm mit Wolfesgier!
Verworfne Art in göttlichster Gestalt!
Das rechte Gegenteil des, was mit Recht
Du scheinest: ein verdammter Heiliger!
Ein ehrenwerter Schurke! — O Natur!
Was hattest du zu schaffen in der Hölle,
Als du des holden Leibes Paradies
Zum Lustsitz einem Teufel übergabst?
War je ein Buch, so arger Dinge voll,
So schön gebunden? O, daß Falschheit doch
Solch herrlichen Palast bewohnen kann!
WÄRTERIN. Kein Glaube, keine Treu', noch Redlichkeit
Ist unter Männern mehr. Sie sind meineidig;
Falsch sind sie, lauter Schelme, lauter Heuchler!
Wo ist mein Diener? Gebt mir Aquavit!.—
Die Not, die Angst, der Jammer macht mich alt
Zuschanden werde Romeo!

JULIET.   Blister'd be thy tongue
For such a wish! he was not born to shame:
Upon his brow shame is ashamed to sit;
For 'tis a throne where honour may be crown'd
Sole monarch of the universal earth.
O, what a beast was I to chide at him!

NURSE. Will you speak well of him that kill'd your cousin?
JULIET. Shall I speak ill of him that is my husband?
Ah, poor my lord, what tongue shall smooth thy name,
When I, thy three-hours' wife, have mangled it?
But, wherefore, villain, didst thou kill my cousin?
That villain cousin would have kill'd my husband:
Back, foolish tears, back to your native spring;
Your tributary drops belong to woe,
Which you, mistaking, offer up to joy.
My husband lives, that Tybalt would have slain;
And Tybalt's dead, that would have slain my husband:
All this is comfort; wherefore weep I then?
Some word there was, worser than Tybalt's death,
That murder'd me: I would forget it fain;
But, O, it presses to my memory,
like damned guilty deeds to sinners' minds:
"Tybalt is dead, and Romeo — banished!"
That "banished," that one word "banished,"
Hath slain ten thousand Tybalts. Tybalt's death
Was woe enough, if it had ended there:
Or, if sour woe delights in fellowship
And needly will be rank'd with other griefs,
Why follow'd not, when she said "Tybalt's dead,"
Thy father, or thy mother, nay, or both,
Which modern lamentation might have moved?
But with a rearward following Tybalt's death,
"Romeo is banished": to speak that word,
Is father, mother, Tybalt, Romeo, Juliet,
All slain, all dead: "Romeo is banished!"
There is no end, no limit, measure, bound,
In that word's death; no words can that woe sound.
Where is my father and my mother, nurse?

NURSE. Weeping and wailing over Tybalt's corse:
Will you go to them? I will bring you thither.

JULIA.   Die Zunge
Erkranke dir für einen solchen Wunsch!
Er war zur Schande nicht geboren; Schande
Weilt mit Beschämung nur auf seiner Stirn.
Sie ist ein Thron, wo man die Ehre mag
Als Allbeherrscherin der Erde kronen.
O wie unmenschlich war ich, ihn zu schelten!
WÄRTERIN. Von eures Vetters Mörder sprecht ihr Gutes?
JULIA. Soll ich von meinem Gatten Übles reden?
Ach, armer Gatte! Welche Zunge wird
Wohl deinem Namen Liebes tun, wenn ich,
Dein Weib von wenig Stunden, ihn zerrissen?
Doch, Ärger, was erschlugst du meinen Vetter? —
Der Arge wollte den Gemahl erschlagen.
Zurück zu eurem Quell, verkehrte Tränen!
Dem Schmerz gebühret eurer Tropfen Zoll,
Ihr bringt aus Irrtum ihn der Freude dar.
Mein Gatte lebt, den Tybalt fast getötet,
Und tot ist Tybalt, der ihn toten wollte.
Dies alles ist ja Trost: was wein' ich denn?
Ich hört' ein schlimmres Wort als Tybalts Tod,
Das mich erwürgte; ich vergaß' es gern;
Doch ach! es drückt auf mein Gedächtnis schwer,
Wie Freveltaten auf des Sünders Seele.
Tybalt ist tot, und Romeo verbannt!
O dies *verbannt*, dies eine Wort *verbannt*
Erschlug zehntausend Tybalts. Tybalts Tod
War gnug des Wehes, hätt' es da geendet.
Und liebt das Leid Gefährten, reiht durchaus
An andre Leiden sich; warum denn folgte
Auf ihre Botschaft: tot ist Tybalt, nicht:
Dein Vater, deine Mutter, oder beide?
Das hätte sanftre Klage wohl erregt.
Allein dies Wort: *verbannt ist Romeo,*
Aus jenes Todes Hinterhalt gesprochen,
Bringt Vater, Mutter, Tybalt, Romeo
Und Julien um! *Verbannt ist Romeo!*
Nicht Maß noch Ziel kennt dieses Wortes Tod,
Und keine Zung' erschöpfet meine Not. —
Wo mag mein Vater, meine Mutter sein?
WÄRTERIN. Bei Tybalts Leiche heulen sie und schrein.
Wollt ihr zu ihnen gehn? Ich bring' euch hin.

JULIET. Wash they his wounds with tears: mine shall be spent,
When theirs are dry, for Romeo's banishment.
Take up those cords: poor ropes, you are beguiled.
Both you and I, for Romeo is exiled:
He made you for a highway to my bed,
But I, a maid, die maiden-widowed.
Come, cords; come, nurse; I 'll to my wedding-bed;
And death, not Romeo, take my maidenhead!
NURSE. Hie to your chamber: I 'll find Romeo
To comfort you: I wot well where he is.
Hark ye, your Romeo will be here at night:
I'll to him; he is hid at Laurence' cell.
JULIET. O, find him! give this ring to my true knight,
And bid him come to take his last farewell. *Exeunt.*

SCENE III

THE SAME. FRIAR LAURENCE'S CELL

Enter Friar Laurence.

FRIAR. Romeo, come forth; come forth, thou fearful man:
Affliction is enamour'd of thy parts,
And thou art wedded to calamity.
                    Enter Romeo.
ROMEO. Father, what news? what is the prince's doom?
What sorrow craves acquaintance at my hand,
That I yet know not?
FRIAR.   Too familiar
Is my dear son with such sour company:
I bring thee tidings of the prince's doom.
ROMEO. What less than dooms-day is the prince's doom?
FRIAR. A gentler judgment vanish'd from his lips,
Not body's death, but body's banishment.
ROMEO. Ha, banishment! be merciful, say "death";
For exile hath more terror in his look,
Much more than death: do not say "banishment."
FRIAR. Hence from Verona art thou banished:
Be patient, for the world is broad and wide.
ROMEO. There is no world without Verona walls,
But purgatory, torture, hell itself.
Hence banished is banish'd from the world,
And world's exile is death; then "banished"

JULIA. So waschen sie die Wunden ihm mit Tränen?
Ich spare meine für ein bängres Sehnen.
Nimm diese Seile auf. — Ach, armer Strick,
Getäuscht wie ich! wer bringt ihn uns zurück?
Zum Steg der Liebe knüpft' er deine Bande,
Ich aber sterb' als Braut im Witwenstande.
Komm, Amme, komm! Ich will ins Brautbett! Fort!
Nicht Romeo, den Tod umarm' ich dort
WÄRTERIN. Geht nur ins Schlafgemach! Zum Troste find' ich
Euch Romeo'n: ich weiß wohl, wo er steckt
Hört! Romeo soll euch zu Nacht erfreuen;
Ich geh' zu ihm: beim Pater wartet er.
JULIA. O such' ihn auf! Gib diesen Ring dem Treuen;
Bescheid' aufs letzte Lebewohl ihn her. *Beide ab.*

SZENE III

BRUDER LORENZOS ZELLE

Lorenzo und Romeo kommen.

LORENZO. Komm, Romeo! Hervor, du Mann der Furcht!
Bekümmernis hängt sich mit Lieb' an dich,
Und mit dem Mißgeschick bist du vermählt.

ROMEO. Vater, was gibt's! Wie heißt des Prinzen Spruch?
Wie heißt der Kummer, der sich zu mir drängt,
Und noch mir fremd ist?
LORENZO.   Zu vertraut, mein Sohn,
Bist du mit solchen widrigen Gefährten:
Ich bring' dir Nachricht von des Prinzen Spruch.
ROMEO. Und hat sein Spruch mir nicht den Stab gebrochen?
LORENZO. Ein mildres Urteil floß von seinen Lippen:
Nicht Leibes Tod, nur leibliche Verbannung.
ROMEO. Verbannung? Sei barmherzig! Sage: Tod!
Verbannung trägt der Schrecken mehr im Blick,
Weit mehr als Tod! — O sage nicht Verbannung!
LORENZO. Hier aus Verona bist du nur verbannt;
Sei ruhig, denn die Welt ist groß und weit.
ROMEO. Die Welt ist nirgends außer diesen Mauern;
Nur Fegefeuer, Qual, die Hölle selbst.
Von hier verbannt ist aus der Welt verbannt,
Und solcher Bann ist Tod: Drum gibst du ihm

Is death mis-term'd: calling death "banished,"
Thou cutt'st my head off with a golden axe,
And smilest upon the stroke that murders me.
FRIAR. O deadly sin! O rude unthankfulness!
Thy fault our law calls death; but the kind prince,
Taking thy part, hath rush'd aside the law,
And turn'd that black word death to banishment:
This is dear mercy, and thou seest it not.

ROMEO. 'Tis torture, and not mercy: heaven is here,
Where Juliet lives; and every cat and dog
And little mouse, every unworthy thing,
Live here in heaven and may look on her,
But Romeo may not: more validity,
More honourable state, more courtship lives
In carrion flies than Romeo: they may seize
On the white wonder of dear Juliet's hand,
And steal immortal blessing from her lips,
Who, even in pure and vestal modesty,
Still blush, as thinking their own kisses sin;
But Romeo may not; he is banished:
This may flies do, when I from this must fly:
They are free men, but I am banished:
And say'st thou yet that exile is not death?
Hadst thou no poison mix'd, no sharp-ground knife,
No sudden mean of death, though ne'er so mean,
But "banished" to kill me? — "Banished"?
O friar, the damned use that word in hell;
Howling attends it: how hast thou the heart,
Being a divine, a ghostly confessor,
A sin-absolver, and my friend profess'd,
To mangle me with that word "banished"?
FRIAR. Thou fond mad man, hear me a little speak.
ROMEO. O, thou wilt speak again of banishment
FRIAR. I 'll give thee armour to keep off that word;
Adversity's sweet milk, philosophy,
To comfort thee, though thou art banished.
ROMEO. Yet "banished"? Hang up philosophy!
Unless philosophy can make a Juliet,
Displant a town, reverse a prince's doom,
It helps not, it prevails not: talk no more.

Den falschen Namen. — Nennst du Tod Verbannung,
Enthauptest du mit goldnem Beile mich,
Und lächelst zu dem Streich, der mich ermordet.
LORENZO. O schwere Sünd! o undankbarer Trotz!
Dein Fehltritt heißt nach unsrer Satzung Tod:
Doch dir zulieb hat sie der güt'ge Fürst
Beiseit' gestoßen, und Verbannung nur
Start jenes schwarzen Wortes ausgesprochen.
Und diese teure Gnad' erkennst du nicht?
ROMEO. Nein, Folter; Gnade nicht. Hier ist der Himmel,
Wo Julia lebt, und jeder Hund und Katze
Und kleine Maus, das schlechteste Geschöpf,
Lebt hier im Himmel, darf ihr Antlitz sehn:
Doch Romeo darf nicht. Mehr Würdigkeit,
Mehr Ansehn, mehr gefäll'ge Sitte lebt
In Fliegen, als in Romeo. Sie dürfen
Das Wunderwerk der weißen Hand berühren,
Und Himmelswonne rauben ihren Lippen,
Die sittsam, in Vestalenunschuld, stets
Erröten, gleich als wäre Sünd' ihr Kuß.
Dies dürfen Fliegen tun, ich muß entfliehn;
Sie sind ein freies Volk, ich bin verbannt.
Und sagst du noch: Verbannung sei nicht Tod?
So hattest du kein Gift gemischt, kein Messer
Geschärft, kein schmählich Mittel schnellen Todes,
Als *dies verbannt*, zu töten mich? *Verbannt!*
O Mönch! Verdammte sprechen in der Hölle
Dies Wort mit Heulen aus: hast du das Herz,
Da du ein heil'ger Mann, ein Beicht'ger bist,
Ein Sündenloser, mein erklärter Freund,
Mich zu zermalmen mit dem Wort Verbannung?

LORENZO. Du kindisch blöder Mann, hör' doch ein Wort!
ROMEO. O, du willst wieder von Verbannung sprechen!
LORENZO. Ich will dir eine Wehr dagegen leihn,
Der Trübsal süße Milch, Philosophie,
Um dich zu trösten, bist du gleich verbannt
ROMEO. Und noch verbannt? Hängt die Philosophie!
Kann sie nicht schaffen eine Julia,
Aufheben eines Fürsten Urteilspruch,
Verpflanzen eine Stadt: so hilft sie nicht.
So taugt sie nicht; so rede länger nicht!

FRIAR. O, then I see that madmen have no ears.

ROMEO. How should they, when that wise men have no eyes?

FRIAR. Let me dispute with thee of thy estate.

ROMEO. Thou canst not speak of that thou dost not feel:
Wert thou as young as I, Juliet thy love,
An hour but married, Tybalt murdered,
Doting like me, and like me banished,
Then mightst thou speak, then mightst thou tear thy hair,
And fall upon the ground, as I do now,
Taking the measure of an unmade grave.

Knocking within.

FRIAR. Arise; one knocks; good Romeo, hide thyself.

ROMEO. Not I, unless the breath of heart-sick groans,
Mist-like, infold me from the search of eyes. *Knocking.*

FRIAR. Hark, how they knock! — Who 's there? — Romeo arise;
Thou wilt be taken. — Stay awhile! — Stand up;

Knocking.

Run to my study. — By and by! — God's will,
What simpleness is this! — I come, I come! *Knocking.*
Who knocks so hard? whence come you? what's your will?

NURSE *within.*

Let me come in, and you shall know my errand;
I come from Lady Juliet.

FRIAR. Welcome then.

Enter Nurse.

NURSE. O holy friar, O, tell me, holy friar,
Where is my lady's lord, where's Romeo!

FRIAR. There on the ground, with his own tears made drunk.

NURSE. O, he is even in my mistress' case,
Just in her case!

FRIAR. O woeful sympathy!
Piteous predicament!

NURSE. Even so lies she,
Blubbering and weeping, weeping and blubbering.
Stand up, stand up; stand, an you be a man:
For Juliet's sake, for her sake, rise and stand;
Why should you fall into so deep an O?

ROMEO. Nurse!

NURSE. Ah sir! ah sir! Well, death's the end of all.

ROMEO. Spakest thou of Juliet? how is it with her?
Doth she not think me an old murderer,
Now I have stain'd the childhood of our joy

LORENZO. Nun seh' ich wohl, Wahnsinnige sind taub.
ROMEO. Wär's anders möglich? Sich doch Weise blind.
LORENZO. Laß über deinen Fall mit dir mich rechten.
ROMEO. Du kannst von dem, was du nicht fühlst, nicht reden.
Wärst du so jung wie ich, und Julia dein,
Vermählt seit einer Stund', erschlagen Tybalt,
Wie ich von Lieb' entglüht, wie *ich* verbannt:
Dann möchtest du nur reden, möchtest nur
Das Haar dir raufen, dich zu Boden werfen,
Wie ich, und so dein künft'ges Grab dir messen.
Er wirft sich an den Boden. Man klopft draußen.
LORENZO. Steh auf, man klopft; verbirg dich, lieber Freund.
ROMEO. O nein, wo nicht des bangen Stöhnens Hauch,
Gleich Nebeln, mich vor Späheraugen schirmt. *Man klopft.*
LORENZO. Horch, wie man klopft! —Wer da? — Fort, Romeo!
Man wird dich fangen. — Wartet doch ein Weilchen! —
Steh auf und rett' ins Lesezimmer dich! — *Man klopft.*
Ja, ja! im Augenblick! — Gerechter Gott,
Was für ein starrer Sinn! — Ich komm', ich komme:
Wer klopft so stark? Wo kommt ihr her? was wollt ihr?
WÄRTERIN *draußen.*
Laß mich hinein, so sag' ich euch die Botschaft
Das Fräulein Julia schickt mich.
LORENZO.   Seid willkommen.
Die Wärterin tritt ein.
WÄRTERIN. O heil'ger Herr! o sag mir, heil'ger Herr:
Des Fräuleins Liebster, Romeo, wo ist er?
LORENZO. Am Boden dort, von eignen Tränen trunken.
WÄRTERIN. O, es ergeht wie meiner Herrschaft ihm,
Ganz so wie ihr!
LORENZO.   O Sympathie des Wehs!
Bedrängte Gleichheit!
WÄRTERIN.   Grade so liegt sie,
Winselnd und wehklagend, wehklagend und winselnd.
Steht auf! steht auf! Wenn ihr ein Mann seid, steht!
Um Juliens willen, ihr zulieb, steht auf!
Wer wollte so sich niederwerfen lassen?
ROMEO. Gute Frau!
WÄRTERIN. Ach Herr! ach Herr! Im Tod' ist alles aus.
ROMEO. Sprachst du von Julien? Wie steht's mit ihr?
Hält sie mich nicht für einen alten Mörder,
Da ich mit Blut, dem ihrigen so nah,

With blood removed but little from her own?
Where is she? and how doth she? and what says
My conceal'd lady to our cancell'd love?
NURSE. O, she says nothing, sir, but weeps and weeps;
And now falls on her bed; and then starts up,
And Tybalt calls; and then on Romeo cries,
And then down falls again.
ROMEO.   As if that name,
Shot from the deadly level of a gun,
Did murder her, as that name's cursed hand
Murder'd her kinsman. O, tell me, friar, tell me,
In what vile part of this anatomy
Doth my name lodge? tell me, that I may sack
The hateful mansion.
                    Drawing his sword.
FRIAR.   Hold thy desperate hand:
Art thou a man? thy form cries out thou art:
Thy tears are womanish: thy wild acts denote
The unreasonable fury of a beast:
Unseemly woman in a seeming man!
And ill-beseeming beast in seeming both!
Thou hast amazed me: by my holy order,
I thought thy disposition better temper'd.
Hast thou slain Tybalt? wilt thou slay thyself?
And slay thy lady that in thy life lives,
By doing damned hate upon thyself?
Why rail'st thou on thy birth, the heaven and earth?
Since birth and heaven and earth, all three do meet
In thee at once, which thou at once wouldst lose.
Fie, fie! thou shamest thy shape, thy love, thy wit;
Which, like a usurer, abound'st in all,
And usest none in that true use indeed
Which should bedeck thy shape, thy love, thy wit:
Thy noble shape is but a form of wax,
Digressing from the valour of a man;
Thy dear love sworn, but hollow perjury,
Killing that love which thou hast vow'd to cherish;
Thy wit, that ornament to shape and love,
Misshapen in the conduct of them both,
like powder in a skilless soldier's flask,
Is set a-fire by thine own ignorance.

Die Kindheit unsrer Wonne schon befleckt?
Wo ist sie? und was macht sie? und was sagt
Von dem zerstörten Bund die kaum Verbundne?
WÄRTERIN. Ach Herr! sie sagt kein Wort, sie weint und weint
Bald fällt sie auf ihr Bett; dann fährt sie auf,
Ruft: Tybalt! aus, schreit dann nach Romeo,
Und fällt dann wieder hin.
ROMEO.   Als ob der Name,
Aus tödlichem Geschütz auf sie gefeuert,
Sie mordete, wie sein unsel'ger Arm
Den Vetter ihr gemordet. Sag' mir, Mönch,
O sage mir: in welchem schnöden Teil
Beherbergt dies Gerippe meinen Namen?
Sag, daß ich den verhaßten Sitz verwüste!
                Er zieht den Degen.
LORENZO. Halt ein die tolle Hand! Bist du ein Mann?
Dein Äußres ruft, du seist es; deine Tränen
Sind weibisch, deine wilden Taten zeugen
Von eines Tieres unvernünft'ger Wut.
Entartet Weib in äußrer Mannesart!
Entstelltes Tier, in beide nur verstellt!
Ich staun' ob dir: bei meinem heil'gen Orden!
Ich glaubte, dein Gemüt sei bessern Stoffs.
Erschlugst du Tybalt? Willst dich selbst erschlagen?
Auch deine Gattin, die in dir nur lebt,
Durch so verrückten Haß, an dir verübt?
Was schiltst du auf Geburt, auf Erd' und Himmel?
In dir begegnen sie sich alle drei,
Die du auf einmal von dir schleudern willst.
Du schändest deine Bildung, deine Liebe
Und deinen Witz. O pfui! Gleich einem Wuchrer
Hast du an allem Überfluß, und brauchst
Doch nichts davon zu seinem echten Zweck,
Der Bildung, Liebe, Witz erst zieren sollte.
Ein Wachsgepräg' ist deine edle Bildung,
Wenn sie der Kraft des Manns abtrünnig wird;
Dein teurer Liebesschwur ein hohler Meineid,
Wenn du die tötest, der du Treu' gelobt;
Dein Witz, die Zier der Bildung und der Liebe,
Doch zum Gebrauche beider mißgeartet,
Fängt Feuer durch dein eignes Ungeschick,
Wie Pulver in nachläss'ger Krieger Flasche;

And thou dismember'd with thine own defence.
What, rouse thee, man! thy Juliet is alive,
For whose dear sake thou wast but lately dead;
There art thou happy: Tybalt would kill thee,
But thou slew'st Tybalt: there art thou happy too:
The law that threaten'd death becomes thy friend,
And turns it to exile: there art thou happy:
A pack of blessings light upon thy back;
Happiness courts thee in her best array;
But, like a misbehaved and sullen wench,
Thou pout'st upon thy fortune and thy love:
Take heed, take heed, for such die miserable.
Go, get thee to thy love, as was decreed,
Ascend her chamber, hence and comfort her;
But look thou stay not till the watch be set,
For then thou canst not pass to Mantua;
Where thou shalt live till we can find a time
To blaze your marriage, reconcile your friends,
Beg pardon of the prince, and call thee back
With twenty hundred thousand times more joy
Than thou went'st forth in lamentation. ——
Go before, nurse: commend me to thy lady,
And bid her hasten all the house to bed,
Which heavy sorrow makes them apt unto:
Romeo is coming.

NURSE. O Lord, I could have stay'd here all the night
To hear good counsel: O, what learning is!
My lord, I 'll tell my lady you will come.

ROMEO. Do so, and bid my sweet prepare to chide.

NURSE. Here, sir, a ring she bid me give you, sir:
Hie you, make haste, for it grows very late. *Exit.*

ROMEO. How well my comfort is revived by this!
FRIAR. Go hence. Good night; and here stands all your state:
Either be gone before the watch be set,
Or by the break of day disguised from hence:
Sojourn in Mantua: I 'll find out your man,
And he shall signify from time to time

Und was dich schirmen soll, zerstückt dich selbst
Auf, sei ein Mann! denn deine Julia lebt,
Sie, der zulieb du eben tot hier lagst:
Das ist ein Glück. Dich wollte Tybalt töten,
Doch du erschlugst ihn: das ist wieder Glück.
Dein Freund wird das Gesetz, das Tod dir drohte,
Und mildert ihn in Bann: auch das ist Glück.
Auf deine Schultern läßt sich eine Last
Von Segen nieder, und es wirbt um dich
Glückseligkeit in ihrem besten Schmuck;
Doch wie ein ungezognes, laun'sches Mädchen
Schmollst du mit deinem Glück und deiner Liebe.
O hüte dich! denn solche sterben elend.
Geh hin zur Liebsten, wie's beschlossen war;
Ersteig ihr Schlafgemach: fort! tröste sie!
Nur weile nicht, bis man die Wachen stellt,
Sonst kommst du nicht mehr durch nach Mantua.
Dort lebst du dann, bis wir die Zeit ersehn,
Die Freunde zu versöhnen, euren Bund
Zu offenbaren, von dem Fürsten Gnade
Für dich zu flehn, und dich zurückzurufen
Mit zwanzig hunderttausendmal mehr Freude,
Als du mit Jammer jetzt von hinnen ziehst.
Geh, Wärterin, voraus; grüß mir dein Fräulein,
Heiß sie das ganze Haus zu Bette treiben,
Wohin der schwere Gram von selbst sie treibt:
Denn Romeo soll kommen.
WÄRTERIN. O je! ich blieb' hier gern die ganze Nacht,
Und hörte gute Lehr'. Da sieht man doch,
Was die Gelahrtheit ist! Nun, gnäd'ger Herr,
Ich will dem Fräulein sagen, daß ihr kommt.
ROMEO. Tu das, und sag der Holden, daß sie sich
Bereite, mich zu schelten.
WÄRTERIN.   Gnäd'ger Herr,
Hier ist ein Ring, den sie für euch mir gab.
Eilt euch, macht fort! sonst wird es gar zu spät. *Ab.*
ROMEO. Wie ist mein Mut nun wieder neu belebt!
LORENZO. Geh! gute Nacht! Und hieran hängt dein Los:
Entweder geh, bevor man Wachen stellt,
Wo nicht, verkleidet in der Frühe fort.
Verweil in Mantua; ich forsch' indessen
Nach deinem Diener, und er meldet dir

Every good hap to you that chances here:
Give me thy hand; 'tis late: farewell; good night.

ROMEO. But that a joy past joy calls out on me,
It were a grief, so brief to part with thee:
Farewell. *Exeunt.*

SCENE IV

THE SAME. A ROOM IN CAPULET'S HOUSE

Enter Capulet, Lady Capulet, and Paris.

CAPULET. Things have fall'n out, sir, so unluckily,
That we have had no time to move our daughter:
Look you, she loved her kinsman Tybalt dearly,
And so did I: well, we were born to die.
'Tis very late, she 'll not come down to-night:
I promise you, but for your company,
I would have been a-bed an hour ago.
PARIS. These times of woe afford no time to woo.
Madam, good night: commend me to your daughter.
LADY CAPULET. I will, and know her mind early to-morrow;
To-night she's mew'd up to her heaviness.
CAPULET. Sir Paris, I will make a desperate tender
Of my child's love: I think she will be ruled
In all respects by me; nay more, I doubt it not. —
Wife, go you to her ere you go to bed;
Acquaint her here of my son Paris' love,
And bid her, mark you me, on Wednesday next —
But, soft! what day is this?

PARIS.   Monday, my lord.
CAPULET. Monday! ha, ha! Well, Wednesday is too soon;
O' Thursday let it be: — o' Thursday, tell her,
She shall be married to this noble earl.
Will you be ready? do you like this haste?
We 'll keep no great ado; a friend or two;
For, hark you, Tybalt being slain so late,
It may be thought we held him carelessly,
Being our kinsman, if we revel much.
Therefore we 'll have some half a dozen friends,
And there an end. — But what say you to Thursday?

Von Zeit zu Zeit ein jedes gute Glück,
Das hier begegnet. — Gib mir deine Hand!
Es ist schon spät: fahr wohl denn! gute Nacht!
ROMEO. Mich rufen Freuden über alle Freuden,
Sonst wär's ein Leid, von dir so schnell zu scheiden.
Leb' wohl! *Beide ab.*

SZENE IV

EIN ZIMMER IN CAPULETS HAUSE

Capulet, Gräfin Capulet, Paris.

CAPULET. Es ist so schlimm ergangen, Graf, daß wir
Nicht Zeit gehabt, die Tochter anzumahnen.
Denn seht, sie liebte herzlich ihren Vetter;
Das tat ich auch: nun, einmal stirbt man doch. —
Es ist schon spät, sie kommt nicht mehr herunter.
Ich sag' euch, wär's nicht der Gesellschaft wegen,
Seit einer Stunde lag' ich schon im Bett.
PARIS. So trübe Zeit gewährt nicht Zeit zum Frein.
Gräfin, schlaft wohl, empfehlt mich eurer Tochter.
GRÄFIN. Ich tu's und forsche morgen früh sie aus:
Heut nacht verschloß sie sich mit ihrem Gram.
CAPULET. Graf Paris, ich vermesse mich zu stehn
Für meines Kindes Lieb'; ich denke wohl,
Sie wird von mir in allen Stücken sich
Bedeuten lassen, ja ich zweifle nicht.
Frau, geh noch zu ihr, eh' du schlafen gehst,
Tu meines Sohnes Paris Lieb' ihr kund,
Und sag' ihr, merk' es wohl: auf nächsten Mittwoch —
Still, was ist heute?
PARIS.   Montag, edler Herr.
CAPULET. Montag? So, so! Gut, Mittwoch ist zu früh.
Sei's Donnerstag! — Sag' ihr: am Donnerstag
Wird sie vermählt mit diesem edlen Grafen.
Wollt ihr bereit sein? Liebt ihr diese Eil'?
Wir tun's im Stillen ab; nur ein paar Freunde.
Denn seht, weil Tybalt erst erschlagen ist,
So dachte man, er lag' uns nicht am Herzen,
Als unser Blutsfreund, schwärmten wir zuviel.
Drum laßt uns ein halb Dutzend Freunde laden,
Und damit gut. Wie dünkt euch Donnerstag?

PARIS. My lord, I would that Thursday were to-morrow.
CAPULET. Well, get you gone: o' Thursday be it then. —
Go you to Juliet ere you go to bed,
Prepare her, wife, against this wedding-day. —
Farewell, my lord. - Light to my chamber, ho!
Afore me, it is so very very late,
That we may call it early by and by: —
Good night.

Exeunt.

SCENE V

THE SAME. CAPULET'S ORCHARD

Enter Romeo and Juliet, above, at the window.

JULIET. Wilt thou be gone? it is not yet near day:
It was the nightingale, and not the lark,
That pierced the fearful hollow of thine ear;
Nightly she sings on yond pomegranate tree:
Believe me, love, it was the nightingale.
ROMEO. It was the lark, the herald of the morn,
No nightingale: look, love, what envious streaks
Do lace the severing clouds in yonder east:
Night's candles are burnt out, and jocund day
Stands tiptoe on the misty mountain tops:
I must be gone and live, or stay and die.
JULIET. Yond light is not daylight, I know it, I:
It is some meteor that the sun exhales,
To be to thee this night a torch-bearer,
And light thee on thy way to Mantua:
Therefore stay yet; thou need'st not to be gone.
ROMEO. Let me be ta'en, let me be put to death;
I am content, so thou wilt have it so.
I 'll say yon grey is not the morning's eye,
'Tis but the pale reflex of Cynthia's brow;
Nor that is not the lark, whose notes do beat
The vaulty heaven so high above our heads:
I have more care to stay than will to go:
Come, death, and welcome! Juliet wills it so.
How is 't, my soul? let's talk; it is not day.
JULIET. It is, it is: hie hence, be gone, away!
It is the lark that sings so out of tune,

PARIS. Mein Graf, ich wollte, Donnerstag wär' morgen.
CAPULET. Gut, geht nur heim! Sei's denn am Donnerstag.
Geh, Frau, zu Julien, eh' du schlafen gehst,
Bereite sie auf diesen Hochzeitstag.
Lebt wohl, mein Graf! *Paris ab.*
                    He! Licht auf meine Kammer!
Gott steh mir bei, es ist so spät, daß wir
Bald früh es nennen können. Gute Nacht!
                    Capulet und die Gräfin ab.

SZENE V

CAPULETS GARTEN

Romeo und Julia oben am Fenster.

JULIA. Willst du schon gehn? Der Tag ist ja noch fern.
Es war die Nachtigall, und nicht die Lerche,
Die eben jetzt dein banges Ohr durchdrang;
Sie singt des Nachts auf dem Granatbaum dort.
Glaub', Lieber, mir: es war die Nachtigall.
ROMEO. Die Lerche war's, die Tagverkünderin,
Nicht Philomele; sieh den neid'schen Streif,
Der dort im Ost der Frühe Wolken säumt.
Die Nacht hat ihre Kerzen ausgebrannt,
Der muntre Tag erklimmt die dunst'gen Höhn;
Nur Eile rettet mich, Verzug ist Tod.
JULIA. Trau' mir, das Licht ist nicht des Tages Licht;
Die Sonne hauchte dieses Luftbild aus,
Dein Fackelträger diese Nacht zu sein,
Dir auf dem Weg nach Mantua zu leuchten;
Drum bleibe noch: zu gehn ist noch nicht Not.
ROMEO. Laß sie mich greifen, ja, laß sie mich töten!
Ich gebe gern mich drein, wenn du es willst.
Nein, jenes Grau ist nicht des Morgens Auge,
Der bleiche Abglanz nur von Cynthias Stirn.
Das ist auch nicht die Lerche, deren Schlag
Hoch über uns des Himmels Wölbung trifft
Ich bleibe gern; zum Gehn bin ich verdrossen. —
Willkommen, Tod! hat Julia dich beschlossen. —
Nun, Herz? Noch tagt es nicht, noch plaudern wir.
JULIA. Es tagt, es tagt! Auf! eile! fort von hier!
Es ist die Lerche, die so heiser singt,

Straining harsh discords and unpleasing sharps.
Some say the lark makes sweet division;
This doth not so, for she divideth us:
Some say the lark and loathed toad change eyes;
O, now I would they had changed voices too!
Since arm from arm that voice doth us affray,
Hunting thee hence with hunts-up to the day.
O, now be gone; more light and light it grows.
ROMEO. More light and light; more dark and dark our woes!

Enter Nurse.

NURSE. Madam!
JULIET. Nurse?
NURSE. Your lady mother is coming to your chamber:
The day is broke; be wary, look about.

Exit.

JULIET.
Then, window, let day in, and let life out.
ROMEO. Farewell, farewell! one kiss, and I 'll descend.

Descends.

JULIET.
Art thou gone so? love-lord, ay, husband-friend!
I must hear from thee every day in the hour,
For in a minute there are many days:
O, by this count I shall be much in years
Ere I again behold my Romeo!
ROMEO. Farewell!
I will omit no opportunity
That may convey my greetings, love, to thee.
JULIET. O, think'st thou we shall ever meet again?
ROMEO. I doubt it not; and all these woes shall serve
For sweet discourses in our time to come.
JULIET. O God! I have an ill-divining soul:
Methinks I see thee, now thou art below,
As one dead in the bottom of a tomb:
Either my eyesight fails, or thou look'st pale.
ROMEO. And trust me, love, in my eye so do you:
Dry sorrow drinks our blood. Adieu, adieu! *Exit.*
JULIET. O fortune, fortune! all men call thee fickle:
If thou art fickle, what dost thou with him
That is renown'd for faith? Be fickle, fortune;
For then, I hope, thou wilt not keep him long,
But send him back.

Und falsche Weisen, rauhen Mißton gurgelt
Man sagt, der Lerche Harmonie sei süß;
Nicht diese: sie zerreißt die unsre ja.
Die Lerche, sagt man, wechselt mit der Kröte
Die Augen: möchte sie doch auch die Stimme!
Die Stimm' ist's ja, die Arm aus Arm uns schreckt,
Dich von mir jagt, da sie den Tag erweckt.
Stets hell und heller wird's: wir müssen scheiden.
ROMEO. Hell? Dunkler stets und dunkler unsre Leiden!
                    Die Wärterin kommt herein.
WÄRTERIN. Fräulein!
JULIA. Amme?
WÄRTERIN. Die gnäd'ge Gräfin kommt in eure Kammer;
Seid auf der Hut; schon regt man sich im Haus.
                    Wärterin ab.
JULIA *das Fenster öffnend.*
Tag, schein herein! und Leben, flieh hinaus!
ROMEO. Ich steig' hinab: laß dich noch *einmal* küssen.
                    Er steigt aus dem Fenster.
JULIA *aus dem Fenster ihm nachsehend.*
Freund! Gatte! Trauter! bist du mir entrissen?
Gib Nachricht jeden Tag zu jeder Stunde;
Schon die Minut' enthält der Tage viel.
Ach, so zu rechnen, bin ich hoch in Jahren,
Eh meinen Romeo ich wiederseh'.
ROMEO *außerhalb.*
Leb wohl! Kein Mittel lass' ich aus den Händen,
Um dir, du Liebe, meinen Gruß zu senden.
JULIA. O denkst du, daß wir je uns wiedersehn?
ROMEO. Ich zweifle nicht, und all dies Leiden dient
In Zukunft uns zu süßerem Geschwätz.
JULIA. O Gott! ich hab' ein Unglück ahnend Herz.
Mir deucht, ich säh' dich, da du unten bist,
Als lägst du tot in eines Grabes Tiefe.
Mein Auge trügt mich, oder du bist bleich.
ROMEO. So, Liebe, scheinst du meinen Augen auch.
Der Schmerz trinkt unser Blut. Leb' wohl! leb' wohl! *Ab.*
JULIA. O Glück! ein jeder nennt dich unbeständig.
Wenn du es bist: was tust du mit dem Treuen?
Sei unbeständig, Glück! Dann hältst du ihn
Nicht lange, hoff' ich, sendest ihn zurück.

LADY CAPULET *within.*
Ho, daughter! are you up?
JULIET. Who is't that calls? is it my lady mother?
Is she not down so late, or up so early?
What unaccustom'd cause procures her hither?
Enter Lady Capulet.
LADY CAPULET. Why, how now, Juliet!
JULIET.   Madam, I am not well.
LADY CAPULET. Evermore weeping for your cousin's death?
What, wilt thou wash him from his grave with tears?
An if thou couldst, thou couldst not make him live;
Therefore, have done: some grief shows much of love,
But much of grief shows still some want of wit.
JULIET. Yet let me weep for such a feeling loss.

LADY CAPULET. So shall you feel the loss, but not the friend
Which you weep for.
JULIET.   Feeling so the loss,
I cannot choose but ever weep the friend.
LADY CAPULET.
Well, girl, thou weep'st not so much for his death
As that the villain lives which slaughter'd him.
JULIET. What villain, madam?
LADY CAPULET.   That same villain, Romeo.
JULIET *aside.*
Villain and he be many miles asunder. —
God pardon him! I do, with all my heart;
And yet no man like he doth grieve my heart.
LADY CAPULET. That is because the traitor murderer lives.
JULIET. Ay, madam, from the reach of these my hands:
Would none but I might venge my cousin's death!
LADY CAPULET. We will have vengeance for it, fear thou not:
Then weep no more. I 'll send to one in Mantua,
Where that same banish'd runagate doth live,
Shall give him such an unaccustom'd dram
That he shall soon keep Tybalt company:
And then, I hope, thou wilt be satisfied.
JULIET. Indeed, I never shall be satisfied
With Romeo, till I behold him — dead —
Is my poor heart so for a kinsman vex'd.
Madam, if you could find out but a man
To bear a poison, I would temper it.

GRÄFIN CAPULET *hinter der Szene.*
He, Tochter, bist du auf ?
JULIA. Wer ruft mich? Ist es meine gnäd'ge Mutter?
Wacht sie so spät noch, oder schon so früh?
Welch ungewohnter Anlaß bringt sie her?
Die Gräfin Capulet kommt herein.
GRÄFIN CAPULET. Nun! Julia! wie geht's?
JULIA.   Mir ist nicht wohl.
GRÄFIN CAPULET. Noch immer weinend um des Vetters Tod?
Willst du mit Tränen aus der Gruft ihn waschen?
Und könntest du's, das rief' ihn nicht ins Leben.
Drum laß das. Trauern zeugt von vieler Liebe,
Doch zu viel trauern, zeugt von wenig Witz.
JULIA. Um einen Schlag, der so empfindlich traf,
Erlaubt zu weinen mir.
GRÄFIN CAPULET.   So trifft er dich;
Der Freund empfindet nichts, den du beweinst.
JULIA. Doch ich empfind', und muß den Freund beweinen.

GRÄFIN CAPULET.
Mein Kind, nicht seinen Tod so sehr beweinst du,
Als daß der Schurke lebt, der ihn erschlug.
JULIA. Was für ein Schurke?
GRÄFIN CAPULET,   Nun, der Romeo.
JULIA *beiseit.*
Er und ein Schurk' sind himmelweit entfernt. —
Laut. Vergeb' ihm Gott. Ich tu's von ganzem Herzen;
Und dennoch kränkt kein Mann, wie er, mein Herz.
GRÄFIN CAPULET. Ja freilich, weil der Meuchelmörder lebt.
JULIA. Ja, wo ihn diese Hände nicht erreichen! —
O rächte niemand doch als ich den Vetter!
GRÄFIN CAPULET. Wir wollen Rache nehmen, sorge nicht:
Drum weine du nicht mehr. Ich send' an jemand
Zu Mantua, wo der Verlaufne lebt;
Der soll ein kräftig Tränkchen ihm bereiten,
Das bald ihn zum Gefährten Tybalts macht.
Dann wirst du hoffentlich zufrieden sein.
JULIA. Fürwahr ich werde nie mit Romeo
Zufrieden sein, erblick' ich ihn nicht — tot —
Wenn so mein Herz um einen Blutsfreund leidet.
Ach, fändet ihr nur jemand, der ein Gift
Ihm reichte, gnäd'ge Frau: ich wollt' es mischen,

That Romeo should, upon receipt thereof,
Soon sleep in quiet. O, how my heart abhors
To hear him named, and cannot come to him,
To wreak the love I bore my cousin Tybalt
Upon his body that hath slaughter'd him!
LADY CAPULET. Find thou the means, and I 'll find such a man.
But now I 'll tell thee joyful tidings, girl.
JULIET. And joy comes well in such a needy time.
What are they, I beseech your ladyship?
LADY CAPULET. Well, well, thou hast a careful father, child;
One who, to put thee from thy heaviness,
Hath sorted out a sudden day of joy,
That thou expect'st not, nor I look'd not for.
JULIET. Madam, in happy time, what day is that?
LADY CAPULET.
Marry, my child, early next Thursday morn,
The gallant, young, and noble gentleman,
The County Paris, at Saint Peter's church,
Shall happily make thee there a joyful bride.
JULIET. Now, by Saint Peter's church, and Peter too,
He shall not make me there a joyful bride.
I wonder at this haste; that I must wed
Ere he that should be husband comes to woo.
I pray you, tell my lord and father, madam,
I will not marry yet; and when I do, I swear,
It shall be Romeo, whom you know I hate,
Rather than Paris. These are news indeed!

LADY CAPULET. Here comes your father; tell him so yourself,
And see how he will take it at your hands.
                    Enter Capulet and Nurse.
CAPULET. When the sun sets, the air doth drizzle dew;
But for the sunset of my brother's son
It rains downright.
How now! a conduit, girl? what, still in tears?
Evermore showering? In one little body
Thou counterfeit'st a bark, a sea, a wind;
For still thy eyes, which I may call the sea,
Do ebb and flow with tears; the bark thy body is,
Sailing in this salt flood; the winds, thy sighs;
Who, raging with thy tears, and they with them,
Without a sudden calm, will overset

Daß Romeo, wenn er's genommen, bald
In Ruhe schliefe. - Wie mein Herz es haßt,
Ihn nennen hören — und nicht zu ihm können —
Die Liebe, die ich zu dem Vetter trug,
An dem, der ihn erschlagen hat, zu büßen!
GRÄFIN CAPULET. Findst du das Mittel, find' ich wohl den Mann.
Doch bring' ich jetzt dir frohe Zeitung, Mädchen.
JULIA. In so bedrängter Zeit kommt Freude recht.
Wie lautet sie? Ich bitt' euch, gnäd'ge Mutter.
GRÄFIN CAPULET. Nun, Kind, du hast `nen aufmerksamen Vater
Um dich von deinem Trübsinn abzubringen,
Ersann er dir ein plötzlich Freudenfest,
Des ich so wenig mich versah, wie du.
JULIA. Ei, wie erwünscht! Was war' das, gnäd'ge Mutter?
GRÄFIN CAPULET.
Ja, denk dir, Kind! Am Donnerstag früh morgens
Soll der hochedle, wackre, junge Herr,
Graf Paris, in Sankt Peters Kirche dich
Als frohe Braut an den Altar geleiten.
JULIA. Nun, bei Sankt Peters Kirch' und Petrus selbst!
Er soll mich nicht als frohe Braut geleiten.
Mich wundert diese Eil', daß ich vermählt
Muß werden, eh mein Freier kommt zu werben.
Ich bitt' euch, gnäd'ge Frau, sagt meinem Vater
Und Herrn, ich wollte noch mich nicht vermählen;
Und wenn ich's tue, schwör' ich: Romeo,
Von dem ihr wißt, ich hass' ihn, soll es lieber
Als Paris sein. — Fürwahr, das ist wohl Zeitung!
GRÄFIN CAPULET. Da kommt dein Vater, sag' du selbst ihm das;
Sieh, wie er sich's von dir gefallen läßt.

Capulet und die Wärterin kommen.

CAPULET. Die Luft sprüht Tau beim Sonnenuntergang,
Doch bei dem Untergange meines Neffen,
Da gießt der Regen recht.
Was? eine Traufe, Mädchen? stets in Tränen?
Stets Regenschauer? In so kleinem Körper
Spielst du auf einmal See und Wind und Kahn:
Denn deine Augen ebben stets und fluten
Von Tränen wie die See; dein Körper ist der Kahn,
Der diese salze Flut befährt; die Seufzer
Sind Winde, die mit deinen Tränen tobend,
Wie die mit ihnen, wenn nicht Stille plötzlich

Thy tempest-tossed body. — How now, wife!
Have you deliver'd to her our decree?

LADY CAPULET. Ay, sir; but she will none, she gives you thanks.
I would the fool were married to her grave!
CAPULET.
Soft! take me with you, take me with you, wife.
How! will she none? doth she not give us thanks?
Is she not proud? doth she not count her blest,
Unworthy as she is, that we have wrought
So worthy a gentleman to be her bridegroom?
JULIET. Not proud, you have, but thankful, that you have:
Proud can I never be of what I hate;
But thankful even for hate, that is meant love.
CAPULET. How now! how now, chop-logic! What is this?
"Proud," and "I thank you," and "I thank you not";
And yet "not proud": mistress minion, you,
Thank me no thankings, nor proud me no prouds,
But fettle your fine joints 'gainst Thursday next,
To go with Paris to Saint Peter's church
Or I will drag thee on a hurdle thither.
Out, you green-sickness carrion! out, you baggage!
You tallow-face!
LADY CAPULET. Fie, fie! what, are you mad?
JULIET. Good father, I beseech you on my knees,
Hear me with patience but to speak a word.
CAPULET. Hang thee, young baggage! disobedient wretch!
I tell thee what: get thee to church o' Thursday,
Or never after look me in the face:
Speak not, reply not, do not answer me;
My fingers itch. — Wife, we scarce thought us blest
That God had lent us but this only child;
But now I see this one is one too much,
And that we have a curse in having her.
Out on her, hilding!

NURSE.   God in heaven bless her! —
You are to blame, my lord, to rate her so.
CAPULET. And why, my lady wisdom? hold your tongue,
Good prudence; smarter with your gossips; go.
NURSE. I speak no treason.
CAPULET.   O, God ye good den.

Erfolgt, den hin und her geworfnen Körper
Zertrümmern werden. — Nun, wie steht es, Frau?
Hast du ihr unsern Ratschluß hinterbracht?
GRÄFIN CAPULET. Ja, doch sie will es nicht, sie dankt euch sehr.
Wär' doch die Törin ihrem Grab vermählt!
CAPULET.
Sacht, sprich verständlich, sprich verständlich, Frau.
Was? Will sie nicht? Weiß sie uns keinen Dank?
Ist sie nicht stolz? Schätzt sie sich nicht beglückt,
Daß wir solch einen würd'gen Herrn vermocht,
Trotz ihrem Unwert, ihr Gemahl zu sein?
JULIA. Nicht stolz darauf, doch dankbar, daß ihr's tatet
Stolz kann ich nie auf das sein, was ich hasse;
Doch dankbar selbst für Haß, gemeint wie Liebe.
CAPULET. Ei, seht mir! seht mir! Kramst du Weisheit aus?
Stolz — und ich dank' euch — und ich dank' euch nicht —
Und doch nicht stolz — Hör', Fräulein Zierlich du,
Nichts da gedankt von Dank, stolziert von Stolz!
Rück nur auf Donnerstag dein zart' Gestell zurecht,
Mit Paris nach Sankt Peters Kirch' zu gehn,
Sonst schlepp' ich dich auf einer Schleife hin.
Pfui, du bleichsücht'ges Ding! du lose Dirne!
Du Talggesicht!
GRÄFIN CAPULET. O pfui! seid ihr von Sinnen?
JULIA. Ich fleh' euch auf den Knien, mein guter Vater:
Hört mit Geduld ein einzig Wort nur an.
CAPULET. Geh mir zum Henker, widerspenst'ge Dirne!
Ich sage dir's: zur Kirch' auf Donnerstag,
Sonst komm mir niemals wieder vors Gesicht.
Sprich nicht! erwidre nicht! gib keine Antwort!
Die Finger jucken mir. O Weib! wir glaubten
Uns kaum genug gesegnet, weil uns Gott
Dies eine Kind nur sandte; doch nun seh' ich,
Dies eine war um eines schon zuviel,
Und nur ein Fluch ward uns in ihr beschert.
Du Hexe!
WÄRTERIN.   Gott im Himmel segne sie!
Eu'r Gnaden tun nicht wohl, sie so zu schelten.
CAPULET. Warum, Frau Weisheit? Haltet euren Mund,
Prophetin! schnattert mit Gevatterinnen!
WÄRTERIN. Ich sage keine Schelmstück'.
CAPULET.   Geht mit Gott!

NURSE. May not one speak?
CAPULET.   Peace, you mumbling fool!
Utter your gravity o'er a gossip's bowl,
For here we need it not.
LADY CAPULET.   You are too hot.
CAPULET. God's bread! it makes me mad.
Day, night, hour, tide, time, work, play,
Alone, in company, still my care hath been
To have her match'd; and having now provided
A gentleman of noble parentage,
Of fair demesnes, youthful, and nobly train'd,
Stuff'd, as they say, with honourable parts,
Proportion'd as one's thought would wish a man;
And then to have a wretched puling fool,
A whining mammet, in her fortune's tender,
To answer "I'll not wed," "I cannot love,"
"I am too young," "I pray you, pardon me."
But, an you will not wed, I'll pardon you:
Graze where you will, you shall not house with me:
Look to 't, think on 't, I do not use to jest.
Thursday is near; lay hand on heart, advise:
An you be mine, I'll give you to my friend;
An you be not, hang, beg, starve, die in the streets,
For, by my soul, I'll ne'er acknowledge thee,
Nor what is mine shall never do thee good.
Trust to 't, bethink you, I'll not be forsworn. *Exit.*

JULIET. Is there no pity sitting in the clouds,
That sees into the bottom of my grief?.
O, sweet my mother, cast me not away!
Delay this marriage for a month, a week;
Or, if you do not, make the bridal bed
In that dim monument where Tybalt lies.
LADY CAPULET. Talk not to me, for I 'll not speak a word.
Do as thou wilt, for I have done with thee. *Exit.*
JULIET. O God! — O nurse! how shall this be prevented?
My husband is on earth, my faith in heaven;
How shall that faith return again to earth,
Unless that husband send it me from heaven
By leaving earth? — comfort me, counsel me. —
Alack, alack, that heaven should practise stratagems

WÄRTERIN. Darf man nicht sprechen?
CAPULET.   Still doch, altes Waschmaul!
Spart eure Predigt zum Gevatterschmaus:
Hier brauchen wir sie nicht
GRÄFIN CAPULET.   Ihr seid zu hitzig.
CAPULET. Gotts Sakrament! es macht mich toll. Bei Tag,
Bei Nacht, spät, früh, allein und in Gesellschaft,
Zu Hause, draußen, wachend und im Schlaf,
War meine Sorge stets, sie zu vermählen.
Nun, da ich einen Herrn ihr ausgemittelt,
Von fürstlicher Verwandtschaft, schönen Gütern,
Jung, edel auferzogen, ausstaffiert,
Wie man wohl sagt, mit ritterlichen Gaben,
Kurz, wie man einen Mann sich wünschen möchte:
Und dann ein albern, winselndes Geschöpf,
Ein weinerliches Püppchen da zu haben,
Die, wenn ihr Glück erscheint, zur Antwort gibt:
„Heiraten will ich nicht, ich kann nicht lieben,
„Ich bin zu jung, — ich bitt, entschuldigt mich." —
Gut, wollt ihr nicht, ihr sollt entschuldigt sein:
Gras't wo ihr wollt, ihr sollt bei mir nicht hausen.
Seht zu! bedenkt! ich pflege nicht zu spaßen.
Der Donnerstag ist nah: die Hand aufs Herz!
Und bist du mein, so soll mein Freund dich haben;
Wo nicht: geh, bettle, hungre, stirb am Wege!
Denn nie, bei meiner Seel', erkenn' ich dich,
Und nichts, was mein, soll dir zugute kommen.
Bedenk' dich! glaub', ich halte, was ich schwor. *Ab.*
JULIA. Und wohnt kein Mitleid droben in den Wolken,
Das in die Tiefe meines Jammers schaut?
O süße Mutter, stoß mich doch nicht weg!
Nur einen Monat, eine Woche Frist!
Wo nicht, bereite mir das Hochzeitsbette
In jener düstern Gruft, wo Tybalt liegt.
GRÄFIN CAPULET. Sprich nicht zu mir; ich sage nicht ein Wort
Tu, was du willst, du gehst mich nichts mehr an. *Ab.*
JULIA. O Gott! wie ist dem vorzubeugen, Amme?
Mein Gatt' auf Erden, meine Treu' im Himmel —
Wie soll die Treu' zur Erde wiederkehren,
Wenn sie der Gatte nicht, der Erd' entweichend,
Vom Himmel sendet? — Tröste! rate! hilf!
Weh, weh mir, daß der Himmel solche Tücken

Upon so soft a subject as myself! —
What say'st thou? hast thou not a word of joy?
Some comfort, nurse.
NURSE. Faith, here 'tis. Romeo
Is banished; and all the world to nothing,
That he dares ne'er come back to challenge you;
Or, if he do, it needs must be by stealth.
Then, since the case so stands as now it doth,
I think it best you married with the county.
O, he 's a lovely gentleman;
Romeo 's a dishclout to him: an eagle, madam,
Hath not so green, so quick, so fair an eye
As Paris hath. Beshrew my very heart,
I think you are happy in this second match,
For it excels your first: or if it did not,
Your first is dead, or 'twere as good he were
As living here and you no use of him.

JULIET. Speakest thou from thy heart?
NURSE.   And from my soul too;
Or else beshrew them both.
JULIET.   Amen!
NURSE.   What?
JULIET. Well, thou hast comforted me marvellous much.
Go in, and tell my lady I am gone,
Having displeased my father, to Laurence' cell,
To make confession and to be absolved.
NURSE. Marry, I will, and this is wisely done. *Exit.*
JULIET. Ancient damnation! O most wicked fiend!
Is it more sin to wish me thus forsworn,
Or to dispraise my lord with that same tongue
Which she hath praised him with above compare
So many thousand times! — Go, counsellor;
Thou and my bosom henceforth shall be twain. —
I 'll to the friar, to know his remedy:
If all else fail, myself have power to die. *Exit.*

An einem sanften Wesen übt wie ich!
Was sagst du? hast du kein erfreund Wort,
Kein Wort des Trostes?
WÄRTERIN.   Meiner Seel, hier ist's.
Er ist verbannt, und tausend gegen eins,
Daß er sich nimmer wieder her getraut
Euch anzusprechen; oder tat er es,
So müßt' es schlechterdings verstohlen sein.
Nun, weil denn so die Sachen stehn, so denk' ich,
Das Beste wär', daß ihr den Grafen nahmt
Ach, er ist solch ein allerliebster Herr!
Ein Lump ist Romeo nur gegen ihn.
Ein Adlersauge, Fräulein, ist so grell,
So schön, so feurig nicht, wie Paris seins.
Ich will verwünscht sein, ist die zweite Heirat
Nicht wahres Glück für euch: weit vorzuziehn
Ist sie der ersten; oder war' sie's nicht:
Der erste Mann ist tot, so gut als tot;
Denn lebt er schon, habt ihr doch nichts von ihm.
JULIA. Sprichst du von Herzen?
WÄRTERIN.   Und von ganzer Seele,
Sonst möge Gott mich strafen!
JULIA.   Amen.
WÄRTERIN.   Was?
JULIA. Nun ja, du hast mich wunderbar getröstet.
Geh, sag' der Mutter, weil ich meinen Vater
Erzürnt, so woll' ich nach Lorenzos Zelle,
Zu beichten und Vergebung zu empfahn.
WÄRTERIN. Gewiß, das will ich. Ihr tut weislich dran. *Ab.*
JULIA. O alter Erzfeind! höllischer Versucher!
Ist's ärgre Sünde, so zum Meineid mich
Verleiten, oder meinen Garten schmähn
Mit eben dieser Zunge, die zuvor
Viel tausendmal ihn ohne Maß und Ziel
Gepriesen hat? — Hinweg, Ratgeberin!
Du und mein Busen sind sich künftig fremd. —
Ich will zum Mönch, ob er nicht Hilfe schafft;
Schlägt alles fehl, hab' ich zum Sterben Kraft. *Ab.*

ACT THE FOURTH

SCENE I

VERONA. FRIAR LAURENCE'S CELL

Enter Friar Laurence and Paris.

FRIAR. On Thursday, sir? the time is very short.
PARIS. My father Capulet will have it so;
And I am nothing slow to slack his haste.
FRIAR. You say you do not know the lady's mind:
Uneven is the course; I like it not,
PARIS. Immoderately she weeps for Tybalt's death,
And therefore have I little talk'd of love,
For Venus smiles not in a house of tears.
Now, sir, her father counts it dangerous
That she doth give her sorrow so much sway,
And in his wisdom hastes our marriage,
To stop the inundation of her tears,
Which, too much minded by herself alone,
May be put from her by society:
Now do you know the reason of this haste.
FRIAR *aside*. I would I knew not why it should be slow'd —
Look, sir, here comes the lady towards my cell.
Enter Juliet.
PARIS. Happily met, my lady and my wife!
JULIET. That may be, sir, when I may be a wife.
PARIS. That may be must be, love, on Thursday next.
JULIET. What must be shall be.
FRIAR.   That's a certain text.
PARIS. Come you to make confession to this father?
JULIET. To answer that, I should confess to you.
PARIS. Do not deny to him that you love me.
JULIET. I will confess to you that I love him.
PARIS. So will ye, I am sure, that you love me.
JULIET. If I do so, it will be of more price
Being spoke behind your back, than to your face.
PARIS. Poor soul, thy face is much abused with tears.
JULIET. The tears have got small victory by that,
For it was bad enough before their spite.
PARIS. Thou wrong'st it more than tears with that report.

AKT IV

SZENE I

BRUDER LORENZOS ZELLE

Lorenzo und Paris.

LORENZO. Auf Donnerstag? die Frist ist kurz, mein Graf.
PARIS. Mein Vater Capulet verlangt es so,
Und meine Säumnis soll die Eil' nicht hemmen.
LORENZO. Ihr sagt, ihr kennt noch nicht des Fräuleins Sinn:
Das ist nicht grade Bahn; so lieb' ich's nicht.
PARIS. Unmäßig weint sie über Tybalts Tod,
Und darum sprach ich wenig noch von Liebe:
Im Haus der Tränen lächelt Venus nicht.
Nun hält's ihr Vater, würd'ger Herr, gefährlich,
Daß sie dem Grame so viel Herrschaft gibt,
Und treibt in weiser Vorsicht auf die Heirat,
Um ihrer Tränen Ströme zu vertrocknen;
Gesellschaft nimmt vielleicht den Schmerz von ihr,
In den sie sich allein zu sehr vertieft.
Jetzt wißt ihr um die Ursach' dieser Eil'.
LORENZO *beiseit.*
Wüßt' ich nur nicht, was ihr im Wege steht.
Laut. Seht, Graf! das Fräulein kommt in meine Zelle.
Julia tritt auf.
PARIS. Ha, schön getroffen, meine liebe Braut!
JULIA. Das werd' ich dann erst sein, wenn man uns traut
PARIS. Man wird, man soll uns Donnerstag vermählen.
JULIA. Was sein soll, wird geschehn.
LORENZO.   Das kann nicht fehlen.
PARIS. Kommt ihr, die Beicht' dem Vater abzulegen?
JULIA. Gäb' ich euch Antwort, legt' ich euch sie ab.
PARIS. Verleugnet es ihm nicht, daß ihr mich liebt.
JULIA. Bekennen will ich euch, ich liebe ihn.
PARIS. Gewiß bekennt ihr auch, ihr liebet mich.
JULIA. Tu' ich's, so hat es, hinter eurem Rücken
Gesprochen, höhern Wert als ins Gesicht.
PARIS. Du Arme! dein Gesicht litt sehr von Tränen.
JULIA. Die Tränen dürfen sich des Siegs nicht rühmen: Es
taugte wenig, eh' sie's angefochten.
PARIS. Dies Wort tut, mehr als Tränen, ihm zu nah.

JULIET. That is no slander, sir, which is a truth,
And what I spake, I spake it to my face.
PARIS. Thy face is mine, and thou hast slander'd it
JULIET. It may be so, for it is not mine own. -
Are you at leisure, holy father, now;
Or shall I come to you at evening mass?
FRIAR. My leisure serves me, pensive daughter, now. —
My lord, we must entreat the time alone.
PARIS. God shield I should disturb devotion! —
Juliet, on Thursday early will I rouse ye:
Till then, adieu; and keep this holy kiss. *Exit.*
JULIET. O, shut the door, and when thou hast done so,
Come weep with me; past hope, past cure, past help!
FRIAR. Ah, Juliet, I already know thy grief!
It strains me past the compass of my wits:
I hear thou must, and nothing may prorogue it,
On Thursday next be married to this county.
JULIET. Tell me not, friar, that thou hear'st of this,
Unless thou tell me how I may prevent it:
If in thy wisdom thou canst give no help,
Do thou but call my resolution wise,
And with this knife I 'll help it presently.
God join'd my heart and Romeo's, thou our hands;
And ere this hand, by thee to Romeo seal'd,
Shall be the label to another deed,
Or my true heart with treacherous revolt
Turn to another, this shall slay them both:
Therefore, out of thy long-experienced time,
Give me some present counsel; or, behold,
'Twixt my extremes and me this bloody knife
Shall play the umpire, arbitrating that
Which the commission of thy years and art
Could to no issue of true honour bring.
Be not so long to speak; I long to die,
Of what thou speak'st speak not of remedy.

FRIAR. Hold, daughter: I do spy a kind of hope,
Which craves as desperate an execution
As that is desperate which we would prevent.
If, rather than to marry County Paris,
Thou hast the strength of will to slay thyself,
Then is it likely thou wilt undertake

JULIA. Doch kann die Wahrheit nicht Verleumdung sein.
Was ich gesagt, sagt' ich mir ins Gesicht.
PARIS. Doch mein ist das Gesicht, das du verleumdest
JULIA. Das mag wohl sein, denn es ist nicht mein eigen, -
Ehrwürd'ger Vater, habt ihr Muße jetzt?
Wie, oder soll ich um die Vesper kommen?
LORENZO. Jetzt hab' ich Muße, meine ernste Tochter.
Vergönnt ihr uns allein zu bleiben, Graf?
PARIS. Verhüte Gott, daß ich die Andacht störe.
Früh Donnerstags will ich euch wecken, Fräulein.
So lang lebt wohl! Nehmt diesen heil'gen Kuß. *Ab.*
JULIA. O schließ die Tür, und wenn du das getan,
Komm, wein' mit mir; Trost, Hoffnung, Hülf' ist hin.
LORENZO. Ach Julia! ich kenne schon dein Leid;
Es drängt aus allen Sinnen mich heraus.
Du mußt, und nichts, so hör' ich, kann's verzögern,
Am Donnerstag dem Grafen dich vermählen.
JULIA. Sag' mir nicht, Vater, daß du das gehört,
Wofern du nicht auch sagst, wie ich's verhindre.
Kann deine Weisheit keine Hülfe leihn,
So nenne weise meinen Vorsatz nur,
Und dieses Messer hilft mir auf der Stelle.
Gott fügt' in eins mein Herz und Romeos,
Die Hände du; und ehe diese Hand,
Die du dem Romeo versiegelt, dient
Zur Urkund' eines andern Bundes, oder
Mein treues Herz von ihm zu einem andern
Verrätrisch abfällt, soll dies beide töten.
Drum gib aus der Erfahrung langer Zeiten
Mir augenblicklich Rat; wo nicht, so sieh
Wie dieses blut'ge Messer zwischen mir
Und meiner Drangsal richtet, *das* entscheidend,
Was deiner Jahr' und deiner Kunst Gewicht
Zum Ausgang nicht mit Ehren bringen konnte.
O zaudre nicht so lang! Den Tod verlang' ich,
Wenn deine Antwort nicht von Hülfe spricht.
LORENZO. Halt, Tochter! ich erspähe was, wie Hoffnung;
Allein es auszuführen heischt Entschluß,
Verzweifelt wie das Übel, das wir fliehn.
Hast du die Willensstärke, dich zu töten,
Eh' du dem Grafen Paris dich vermählst,
Dann zweifl' ich nicht, du unternimmst auch wohl

A thing like death to dude away this shame,
That copest with death himself to scape from it;
And, if thou darest, I'll give thee remedy.
JULIET. O, bid me leap, rather than marry Paris,
From off the battlements of yonder tower;
Or walk in thievish ways; or bid me lurk
Where serpents are; chain me with roaring bears;
Or shut me nightly in a charnel-house,
O'er-cover'd quite with dead men's rattling bones,
With reeky shanks, and yellow chapless skulls;
Or bid me go into a new-made grave
And hide me with a dead man in his shroud;
Things that, to hear them told, have made me tremble;
And I will do it without fear or doubt,
To live an unstain'd wife to my sweet love.
FRIAR. Hold, then; go home, be merry, give consent
To marry Paris: Wednesday is to-morrow:
To-morrow night look that thou lie alone,
Let not thy nurse lie with thee in thy chamber:
Take thou this vial, being then in bed,
And this distilled liquor drink thou off;
When presently through all thy veins shall run
A cold and drowsy humour; for no pulse
Shall keep his native progress, but surcease;
No warmth, no breath, shall testify thou livest;
The roses in thy lips and cheeks shall fade
To paly ashes; thy eyes' windows fall,
Like death, when he shuts up the day of life;
Each part, deprived of supple government,
Shall, stiff and stark and cold, appear like death;
And in this borrow'd likeness of shrunk death
Thou shalt continue two and forty hours,
And then awake as from a pleasant sleep.
Now, when the bridegroom in the morning comes
To rouse thee from thy bed, there art thou dead:
Then, as the manner of our country is,
In thy best robes uncover'd on the bier
Thou shalt be borne to that same ancient vault
Where all the kindred of the Capulets lie.
In the mean time, against thou shalt awake,
Shall Romeo by my letters know our drift,

Ein Ding wie Tod, die Schmach hinwegzutreiben,
Der zu entgehn, du selbst den Tod umarmst;
Und wenn du's wagst, so biet' ich Hülfe dir.
JULIA. O, lieber als dem Grafen mich vermählen,
Heiß von der Zinne jenes Tunns mich springen,
Da gehn, wo Räuber streifen, Schlangen lauern,
Und kette mich an wilde Bären fest;
Birg bei der Nacht mich in ein Totenhaus
Voll rasselnder Gerippe, Moderknochen,
Und gelber Schädel mit entzahnten Kiefern;
Heiß in ein frisch gemachtes Grab mich gehn,
Und mich ins Leichentuch des Toten hüllen.
Sprach man sonst solche Dinge, bebt' ich schon;
Doch tu' ich ohne Furcht und Zweifel sie,
Des süßen Gatten reines Weib zu bleiben.
LORENZO. Wohl denn! Geh heim, sei fröhlich, will'ge drein
Dich zu vermählen: morgen ist es Mittwoch;
Sieh, wie du morgen Nacht allein magst ruhn;
Laß nicht die Amm' in deiner Kammer schlafen.
Nimm dieses Fläschchen dann mit dir zu Bett,
Und trink den Kräutergeist, den es verwährt
Dann rinnt alsbald ein kalter, matter Schauer
Durch deine Adern, und bemeistert sich
Der Lebensgeister; den gewohnten Gang
Hemmt jeder Puls und hört zu schlagen auf.
Kein Odem, keine Wärme zeugt von Leben;
Der Lippen und der Wangen Rosen schwinden
Zu bleicher Asche; deiner Augen Vorhang
Fällt, wie wenn Tod des Lebens Tag verschließt
Ein jedes Glied, gelenker Kraft beraubt,
Soll steif und starr und kalt wie Tod erscheinen.
Als solch ein Ebenbild des dürren Todes
Sollst du verharren zwei und vierzig Stunden,
Und dann erwachen wie von süßem Schlaf.
Wenn nun der Bräutigam am Morgen kommt,
Und dich vom Lager ruft, da liegst du tot.
Dann (wie die Sitte unsres Landes ist)
Trägt man auf einer Bahr' in Feierkleidern
Dich unbedeckt in die gewölbte Gruft,
Wo alle Capulets von alters ruhn.
Zur selben Zeit, wenn du erwachen wirst,
Soll Romeo aus meinen Briefen wissen,

And hither shall he come; and he and I
Will watch thy waking, and that very night
Shall Romeo bear thee hence to Mantua.
And this shall free thee from this present shame,
If no inconstant toy nor womanish fear
Abate thy valour in the acting it.

JULIET. Give me, give me! O, tell not me of fear!
FRIAR. Hold; get you gone: be strong and prosperous
In this resolve. I'll send a friar with speed
To Mantua, with my letters to thy lord.
JULIET. Love give me strength! and strength shall help afford.
Farewell, dear father. *Exeunt.*

SCENE II

THE SAME. BALL IN CAPULET'S HOUSE

Enter Capulet, Lady Capulet, Nurse, and Servingmen.

CAPULET. So many guests invite as here are writ. —
                                    Exit Servant.
Sirrah, go hire me twenty cunning cooks.
SECOND SERVANT. You shall have none ill, sir, for I'll try if
they can lick their fingers.

CAPULET. How canst thou try them so?
SECOND SERVANT. Marry, sir, 'tis an ill cook that cannot lick his
own fingers: therefore he that cannot lick his fingers goes not
with me.
CAPULET. Go, be gone. —   *Exit Second Servant.*
We shall be much unfurnish'd for this time.
What, is my daughter gone to Friar Laurence?
NURSE. Ay, forsooth.
CAPULET. Well, he may chance to do some good on her:
A peevish self-will'd harlotry it is.
                              Enter Juliet.
NURSE. See where she comes from shrift with merry look.
CAPULET.
How now, my headstrong! where have you been gadding?
JULIET. Where I have learn'd me to repent the sin
Of disobedient opposition
To you and your behests, and am enjoin'd

Was wir erdacht, und sich hieher begeben.
Wir wollen beid' auf dein Erwachen harren.
Und in derselben Nacht soll Romeo
Dich fort von hier nach Mantua geleiten.
Das rettet dich von dieser drohn'den Schmach,
Wenn schwacher Unbestand und weib'sche Furcht
Dir in der Ausführung den Mut nicht dämpft.
JULIA. Gib mir, o gib mir! rede nicht von Furcht!
LORENZO. Nimm, geh mit Gott, halt fest an dem Entschluß.
Ich send' indes mit Briefen einen Bruder
In Eil' nach Mantua zu deinem Treuen.
JULIA. Gib, Liebe, Kraft mir! Kraft wird Hülfe leihen.
Lebt wohl, mein teurer Vater! *Beide ab.*

SZENE II

EIN ZIMMER IN CAPULETS HAUSE

Capulet, Gräfin Capulet, Wärterin, Bediente.

CAPULET. So viele Gäste lad, als hier geschrieben.
Ein Bedienter ab.
Du Bursch, geh, miet' mir zwanzig tücht'ge Koche.
BEDIENTER. Ihr sollt gewiß keine schlechten kriegen,
gnäd'ger Herr; denn ich will erst zusehn, ob sie sich die Finger
ablecken können.
CAPULET. Was soll das für eine Probe sein?
BEDIENTER. Ei, gnädiger Herr, das wäre ein schlechter Koch,
der seine eignen Finger nicht ablecken könnte. Drum, wer das
nicht kann, der stimmt nicht zu mir.
CAPULET. Geh, mach fort. — *Bedienter ab.*
Die Zeit ist kurz, es wird an manchem fehlen. —
Wie ist's? ging meine Tochter hin zum Pater?
WÄRTERIN. Ja, wahrhaftig.
CAPULET. Wohl! Gutes stiftet er vielleicht bei ihr;
Sie ist ein albern, eigensinnig Ding.
Julia tritt auf.
WÄRTERIN. Seht, wie sie fröhlich aus der Beichte kommt,
CAPULET.
Nun, Starrkopf? Sag, wo bist herumgeschwärmt?
JULIA. Wo ich gelernt, die Sünde zu bereun
Hartnäck'gen Ungehorsams gegen euch
Und eur Gebot, und wo der heil'ge Mann

By holy Laurence to fall prostrate here.
To beg your pardon. Pardon, I beseech you!
Henceforward I am ever ruled by you.
CAPULET. Send for the county; go, tell him of this:
I 'll have this knot knit up to-morrow morning.
JULIET. I met the youthful lord at Laurence' cell,
And gave him what becomed love I might,
Not stepping o'er the bounds of modesty.
CAPULET. Why, I am glad on 't; this is well: stand up:
This is as 't should be. - Let me see the county;
Ay, marry, go, I say, and fetch him hither. —
Now, afore God, this reverend holy friar,
All our whole city is much bound to him.
JULIET. Nurse, will you go with me into my closet,
To help me sort such needful ornaments
As you think fit to furnish me to-morrow?
LADY CAPULET. No, not till Thursday; there is time enough.
CAPULET. Go, nurse, go with her: - we'll to church to-morrow.
                    Exeunt Juliet and Nurse.
LADY CAPULET. We shall be short in our provision:
'Tis now near night.
CAPULET.   Tush, I will stir about,
And all things shall be well, I warrant thee, wife:
Go thou to Juliet, help to deck up her;
I 'll not to bed to-night; let me alone;
I' ll play the housewife for this once. — What, ho! —
They are all forth: well, I will walk myself
To County Paris, to prepare him up
Against to-morrow. My heart is wondrous light,
Since this same wayward girl is so reclaim'd.
                    Exeunt.

SCENE III

THE SAME. JULIET'S CHAMBER

Enter Juliet and Nurse.

JULIET. Ay, those attires are best; but, gentle nurse,
I pray thee, leave me to myself to-night;
For I have need of many orisons
To move the heavens to smile upon my state,
Which, well thou know'st, is cross and full of sin.

Mir auferlegt, vor euch mich hinzuwerfen,
Vergebung zu erflehn. — Vergebt, ich bitt' euch:
Von nun an will ich stets euch folgsam sein.
CAPULET. Schickt nach dem Grafen, geht und sagt ihm dies.
Gleich morgen früh will ich dies Band geknüpft sehn.
JULIA. Ich traf den jungen Grafen bei Lorenzo,
Und alle Huld und Lieb' erwies ich ihm,
So das Gesetz der Zucht nicht übertritt.
CAPULET. Nun wohl! das freut mich, das ist gut. — Steh auf!
So ist es recht. — Laßt mich den Grafen sehn.
Potztausend! geht, sag' ich, und holt ihn her. —
So wahr Gott lebt, der würd'ge fromme Pater,
Von unsrer ganzen Stadt verdient er Dank.
JULIA. Kommt, Amme! wollt ihr mit mir auf mein Zimmer?
Mir helfen Putz erlesen, wie ihr glaubt
Daß mir geziemt, ihn morgen anzulegen?
GRÄFIN CAPULET. Nein, nicht vor Donnerstag; es hat noch Zeit.
CAPULET. Geh mit ihr, Amme! morgen geht's zur Kirche.
Julia und die Amme ab.
GRÄFIN CAPULET. Die Zeit wird kurz zu unsrer Anstalt fallen:
Es ist fast Nacht.
CAPULET.   Blitz! ich will frisch mich rühren.
Und alles soll schon gehn, Frau, dafur steh' ich.
Geh du zu Julien, hilf an ihrem Putz.
Ich gehe nicht zu Bett: laßt mich gewähren.
Ich will die Hausfrau diesmal machen — Heda!
Kein Mensch zur Hand? — Gut, ich will selber gehn
Zum Grafen Paris, um ihn anzutreiben
Auf morgen früh: mein Herz ist mächtig leicht,
Seit dies verkehrte Mädchen sich besonnen.
Capulet und die Gräfin ab.

SZENE III

JULIENS KAMMER

Julia und die Wärterin.

JULIA. Ja, dieser Anzug ist der beste. — Doch
Ich bitt' dich, liebe Amme, laß mich nun
Für diese Nacht allein; denn viel Gebete
Tun not mir, um den Himmel zu bewegen,
Daß er auf meinen Zustand gnädig lächle,
Der, wie du weißt, verderbt und sündlich ist.

Enter Lady Capulet.

LADY CAPULET. What, are you busy, ho? need you my help?

JULIET. No, madam; we have cull'd such necessaries

As are behoveful for our state to-morrow:

So please you, let me now be left alone,

And let the nurse this night sit up with you,

For I am sure you have your hands full all

In this so sudden business.

LADY CAPULET.　　　　Good night:

Get thee to bed, and rest, for thou hast need.

Exeunt Lady Capulet and Nurse.

JULIET. Farewell! - God knows when we shall meet again.

I have a faint cold fear thrills through my veins,

That almost freezes up the heat of life:

I 'll call them back again to comfort me.

Nurse I — What should she do here?

My dismal scene I needs must act alone. —

Come, vial.-

What if this mixture do not work at all?

Shall I be married then to-morrow morning?

No, no: — this shall forbid it: — lie thou there. —

Laying down a dagger.

What if it be a poison, which the friar

Subtly hath minister'd to have me dead,

Lest in this marriage he should be dishonour'd,

Because he married me before to Romeo?

I fear it is: and yet, methinks, it should not,

For he hath still been tried a holy man.

I will not entertain so bad a thought.

How if, when I am laid into the tomb,

I wake before the time that Romeo

Come to redeem me? there's a fearful point!

Shall I not then be stifled in the vault,

To whose foul mouth no healthsome air breathes in,

And there die strangled ere my Romeo comes?

Or, if I live, is it not very like,

The horrible conceit of death and night,

Together with the terror of the place,

As in a vault, an ancient receptacle,

Where, for this many hundred years, the bones

Of all my buried ancestors are pack'd;

Where bloody Tybalt, yet but green in earth,

Gräfin Capulet kommt.

GRÄFIN CAPULET. Seid ihr geschäftig? Braucht ihr meine Hülfe?

JULIA. Nein, gnäd'ge Mutter, wir erwählten schon
Zur Tracht für morgen alles Zubehör.
Gefällt es euch, so laßt mich jetzt allein,
Und laßt zu Nacht die Amme mit euch wachen:
Denn sicher habt ihr alle Hande voll
Bei dieser eil'gen Anstalt.

GRÄFIN CAPULET.   Gute Nacht!
Geh nun zu Bett, und ruh; du hast es nötig.

Gräfin Capulet und die Wärterin ab.

JULIA. Lebt wohl! — Gott weiß, wann wir uns wiedersehn.
Kalt rieselt matter Schau'r durch meine Adern,
Der fast die Lebenswärm' erstarren macht.
Ich will zurück sie rufen mir zum Trost. —
Amme! — Doch was soll sie hier? —
Mein düstres Spiel muß ich allein vollenden.
Komm du, mein Kelch! —
Doch wie? Wenn dieser Trank nun gar nichts wirkte?
Wird man dem Grafen mit Gewalt mich geben?
Nein, nein: dies soll's verwehren. — Lieg du hier. —

Sie legt einen Dolch neben sich.

Wie? wär' es Gift, das mir mit schlauer Kunst
Der Mönch bereitet, mir den Tod zu bringen,
Auf daß ihn diese Heirat nicht entehre,
Weil er zuvor mich Romeo'n vermählt?
So fürcht' ich, ist's; doch dünkt mich, kann's nicht sein,
Denn er ward stets ein frommer Mann erfunden.
Ich will nicht Raum so bösem Argwohn geben. —
Wie aber? wenn ich, in die Gruft gelegt,
Erwache vor der Zeit, da Romeo
Mich zu erlösen kommt? Furchtbarer Fall!
Werd' ich dann nicht in dem Gewölb ersticken,
Des gift'ger Mund nie reine Lüfte einhaucht,
Und so erwürgt da liegen, wann er kommt?
Und leb' ich auch, könnt' es nicht leicht geschehn,
Daß mich das grause Bild von Tod und Nacht,
Zusammen mit den Schrecken jenes Ortes,
Dort im Gewölb', in alter Katakombe,
Wo die Gebeine aller meiner Ahnen
Seit vielen hundert Jahren aufgehäuft,
Wo frisch beerdigt erst der blut'ge Tybalt

Lies festering in his shroud; where, as they say,
At some hours in the night spirits resort:
Alack, alack, is it not like that I,
So early waking, what with loathsome smells
And shrieks like mandrakes' torn out of the earth,
That living mortals, hearing them, run mad:
O, if I wake, shall I not be distraught,
Environed with all these hideous fears?
And madly play with my forefathers' joints?
And pluck the mangled Tybalt from his shroud?
And, in this rage, with some great kinsman's bone,
As with a dub, dash out my desperate brains?
O, look! methinks I see my cousin's ghost
Seeking out Romeo, that did spit his body
Upon a rapier's point: - stay, Tybalt, stay! —
Romeo, I come! this do I drink to thee.
                She falls upon her bed within the curtains.

SCENE IV

THE SAME. HALL IN CAPULET'S HOUSE

Enter Lady Capulet and Nurse.

LADY CAPULET.
Hold, take these keys, and fetch more spices, nurse.
NURSE. They call for dates and quinces in the pastry.

Enter Capulet.
CAPULET.
Come, stir, stir, stir! the second cock hath crow'd,
The curfew bell hath rung, 'tis three o' clock:
Look to the baked meats, good Angelica:
Spare not for cost.
NURSE. Go, you cot-quean, go,
Get you to bed; faith, you 'll be sick to-morrow
For this night's watching.
CAPULET. No, not a whit: what, I have watch'd ere now
All night for lesser cause, and ne'er been sick.
LADY CAPULET. Ay, you have been a mouse-hunt in your time;
But I will watch you from such watching now.
                Exeunt Lady Capulet and Nurse.

Im Leichentuch verwest; wo, wie man sagt,
In mittenächt'ger Stunde Geister hausen —
Weh, weh! könnt' es nicht leicht geschehn, daß ich
Zu früh erwachend — und nun ekler Dunst,
Gekreisch wie von Alraunen, die man aufwühlt,
Das Sterbliche, die's hören, sinnlos macht —
O wach' ich auf, werd' ich nicht rasend werden,
Umringt von all den greuelvollen Schrecken?
Und toll mit meiner Väter Gliedern spielen?
Und Tybalt aus dem Leichentuche zerren?
Und in der Wut, mit irgend eines Urahns
Gebein, zerschlagen mein zerrüttet Hirn?
O seht! mich dünkt, ich sehe Tybalts Geist;
Er späht nach Romeo, der seinen Leib
Auf einen Degen spießte. — Halt, Tybalt! —
Ich komme, Romeo! Dies trink' ich dir.
                    Sie wirft sich auf das Bette.

SZENE IV

EIN SAAL IN CAPULETS HAUSE

Gräfin Capulet und die Wärterin.

GRÄFIN CAPULET.
Da, nehmt die Schlüssel, holt noch mehr Gewürz.
WÄRTERIN. Sie wollen Quitten und Orangen haben
In der Konditorei.
                    Capulet kommt.
CAPULET.
Kommt, rührt euch! frisch! schon kräht der zweite Hahn.
Die Morgenglocke läutet; 's ist drei Uhr.
Sieh nach dem Backwerk, Frau Angelica,
Spar' nichts daran.
WÄRTERIN.   Topfgucker! geht nur, geht!
Macht euch zu Bett! — Gelt, ihr seid morgen krank,
Wenn ihr die ganze Nacht nicht schlaft.
CAPULET. Kein bißchen! Was? ich hab' um Kleiners wohl
Die Nächte durchgewacht, und war nie krank.
GRÄFIN CAPULET. Ja, ja! ihr wart ein feiner Vogelsteller
Zu eurer Zeit! Nun aber will ich euch
Vor solchem Wachen schon bewachen.
                    Gräfin und Wärterin ab.

CAPULET. A jealous-hood, a jealous-hood! —
Enter three or four Servingmen, with spits, logs, and baskets.
Now, fellow,
What's there?
FIRST SERVINGMAN.
Things for the cook, sir, but I know not what.
CAPULET. Make haste, make haste. *Exit first Servingman.*
Sirrah, fetch drier logs:
Call Peter, he will show thee where they are.
SECOND SERVINGMAN.
I have a head, sir, that will find out logs,
And never trouble Peter for the matter. *Exit.*
CAPULET. Mass, and well said; a merry whoreson, ha!
Thou shalt be logger-head. — Good faith, 'tis day:
The county will be here with music straight,
For so he said he would. *Music within.*
I hear him near. —
Nurse! - Wife! - What, ho! - What, nurse, I say!
Re-enter Nurse.
Go waken Juliet, go, and trim her up;
I 'll go and chat with Paris: — hie, make haste,
Make haste; the bridegroom he is come already:
Make haste, I say. *Exeunt.*

SCENE V

THE SAME, JULIET'S CHAMBER

Enter Nurse.

NURSE.
Mistress! what, mistress! Juliet! fast, I warrant her, she:
Why, lamb! why, lady! fie, you slug-a-bed!
Why, love, I say! madam! sweet-heart! why, bride!
What, not a word? you take your pennyworths now;
Sleep for a week; for the next night, I warrant,
The County Paris hath set up his rest
That you shall rest but little. — God forgive me,
Marry, and amen, how sound is she asleep!
I needs must wake her. — Madam, madam, madam!
Ay, let the county take you in your bed;
He 'll fright you up, i' faith. Will it not be?
What, dress'd! and in your clothes! and down again!

CAPULET. O Ehestand! o Wehestand! Nun, Kerl,
Was bringt ihr da?
*Bediente mit Bratspießen, Scheiten und Körben gehn
über die Bühne.*
ERSTER BEDIENTE.
`s ist für den Koch, Herr; was, das weiß ich nicht.
CAPULET. Macht zu, macht zu! *Bedienter ab.*

Hol' trockne Klötze, Bursch!
Ruf Petern, denn der weiß es, wo sie sind.
ZWEITER BEDIENTE.
Braucht ihr `nen Klotz, Herr, bin ich selber da,
Und hab' nicht nötig, Petern anzugehen.
CAPULET. Blitz! gut gesagt! Ein lust'ger Teufel! ha,
Du sollst das Haupt der Klötze sein. — Wahrhaftig,
`s ist Tag; der Graf wird mit Musik gleich kommen.
Das wollt' er, sagt er ja: ich hör' ihn schon.
Musik hinter der Szene.
Frau! Wärterin! He, sag' ich, Wärterin!
Die Wärterin kommt.
Weckt Julien auf! Geht, putzt mir sie heraus! Ich geh' indes und
plaudre mit dem Grafen. Eilt euch; macht fort! Der Bräut'gam ist
schon da. Fort! sag' ich euch. *Ab.*

SZENE V

JULIENS KAMMER. JULIA AUF DEM BETTE

Die Wärterin kommt.

WÄRTERIN.
Fräulein! Nun, Fräulein — Julia! — Nun, das schläft! —
He, Lamm! he, Fräulein! — Pfui, Langschläferin! —
Mein Schatzchen, sag' ich! Süßes Herz! Mein Bräutchen!
Was? nicht ein Laut? — Ihr nehmt eur Teil voraus,
Schlaft für `ne Woche, denn ich steh' dafür,
Auf nächste Nacht hat seine Ruh' Graf Paris
Daran gesetzt, daß ihr nicht ruhen sollt. —
Behüt' der Herr sie! Wie gesund sie schläft!
Ich muß sie aber wecken. — Fräulein! Fräulein!
Laßt euch den Grafen nur im Bett ertappen,
Der wird euch schon ermuntern: meint ihr nicht? —
Was? schon in vollen Kleidern? und so wieder

I must needs wake you. Lady! lady! lady!
Alas, alas! Help, help! my lady 's dead!
O, well-a-day, that ever I was born!
Some aqua vitae, ho! My lord, my lady.

Enter Lady Capulet.

LADY CAPULET. What noise is here?
NURSE. O lamentable day!
LADY CAPULET. What is the matter?
NURSE.   Look, look! O heavy day!
LADY CAPULET. O me, O me! My child, my only life,
Revive, look up, or I will die with thee.
Help, help! call help.

Enter Capulet.

CAPULET. For shame, bring Juliet forth; her lord is come.
NURSE. She's dead, deceased, she's dead, alack the day!
LADY CAPULET.
Alack the day, she 's dead, she 's dead, she 's dead!
CAPULET. Ha! let me see her. Out, alas! she 's cold;
Her blood is settled and her joints are stiff;
Life and these lips have long been separated:
Death lies on her like an untimely frost
Upon the sweetest flower of all die field.
Accursed time! Unfortunate old man!
NURSE. O lamentable day!
LADY CAPULET.   O woeful time!
CAPULET. Death, that hath ta'en her hence to make me wail,
Ties up my tongue, and will not let me speak.

Enter Friar Laurence and Paris, with Musicians.

FRIAR. Come, is the bride ready to go to church?
CAPULET. Ready to go, but never to return.
O son, the night before thy wedding-day
Hath Death lain with thy wife: see, there she lies,
Flower as she was, deflowered by him.
Death is my son-in-law, Death is my heir;
My daughter he hath wedded: I will die,
And leave him all; life, living, all is Death's.

PARIS. Have I thought long to see this morning's face,
And doth it give me such a sight as this?
LADY CAPULET. Accurst, unhappy, wretched, hateful day!
Most miserable hour that e'er time saw

Sich hingelegt? Ich muß durchaus euch wecken.
He, Fräulein! Fräulein! Fräulein! –
Daß Gott! daß Gott! Zu Hülfe! sie ist tot!
Ach, liebe Zeit! mußt' ich den Jammer sehn? —
Holt Spiritus! He, gnäd'ger Herr! Frau Gräfin!

Gräfin Capulet kommt.

GRÄFTN CAPULET. Was ist das für ein Lärm?
WÄRTERTN.   O Unglückstag!
GRÄFIN CAPULET. Was gibt's?
WÄRTERTN.   Seht, seht nur! O betrübter Tag!
GRÄFIN CAPULET. O weh! o weh! Mein Kind! mein einzig Leben!
Erwach'! leb' auf! Ich sterbe sonst mit dir.
O Hülfe! Hülfe! ruft doch Hülfe!

Capulet kommt.

CAPULET. Schämt euch! bringt Julien her! Der Graf ist da.
WÄRTERTN. Ach sie ist tot! verblichen! tot! o Wehe!
GRÄFIN CAPULET.
O Wehe! Wehe! sie ist tot, tot, tot!
CAPULET. Laßt mich sie sehn — Gott helf' uns! Sie ist kalt,
Ihr Blut steht still, die Glieder sind ganz starr;
Von diesen Lippen schied das Leben längst
Der Tod liegt auf ihr, wie ein Maienfrost
Auf des Gefildes schönster Blume liegt.
Fluch dieser Stund! Ich armer, alter Mann!
WÄRTERIN. O Unglückstag!
GRÄFIN CAPULET.   O jammervolle Stunde!
CAPULET. Der Tod, der mir sie nahm, mir Klagen auszupressen,
Er bindet meine Zung' und macht sie stumm.

Bruder Lorenzo, Graf Paris und Musikanten treten auf.

LORENZO. Kommt! Ist die Braut bereit, zur Kirch' zu gehn?
CAPULET. Bereit zu gehn, um nie zurückzukehren.
O Sohn! die Nacht vor deiner Hochzeit buhlte
Der Tod mit deiner Braut. Sieh, wie sie liegt,
Die Blume, die in seinem Arm verblühte.
Mein Eidam ist der Tod, der Tod mein Erbe;
Er freite meine Tochter. Ich will sterben,
Ihm alles lassen: wer das Leben läßt,
Verläßt dem Tode alles.
PARIS. Hab' ich nach dieses Morgens Licht geschmachtet, Und
bietet es mir solchen Anblick dar?
GRÄFIN CAPULET. Unseliger, verhaßter, schwarzer Tag!
Der Stunden jammervollste, so die Zeit

In lasting labour of his pilgrimage!
But one, poor one, one poor and loving child,
But one thing to rejoice and solace in,
And cruel death hath catch'd it from my sight!
NURSE. O woe! O woeful, woeful, woeful day!
Most lamentable day, most woeful day,
That ever, ever, I did yet behold!
O day! O day! O day! O hateful day!
Never was seen so blade a day as this:
O woeful day, O woeful day!
PARIS. Beguiled, divorced, wronged, spited, slain!
Most detestable death, by thee beguiled,
By cruel cruel thee quite overthrown!
O love! O life! not life, but love in death!
CAPULET. Despised, distressed, hated, martyr'd, kill'd!
Uncomfortable time, why camest thou now
To murder, murder our solemnity?
O child! O child! my soul, and not my child!
Dead art thou! alack! my child is dead;
And with my child my joys are buried.
FRIAR. Peace, ho! for shame! confusion's cure lives not
In these confusions. Heaven and yourself
Had part in this fair maid; now heaven hath all,
And all the better is it for the maid:
Your part in her you could not keep from death;
But heaven keeps his part in eternal life.
The most you sought was her promotion,
For 'twas your heaven she should be advanced;
And weep ye now, seeing she is advanced
Above the clouds, as high as heaven itself?
O, in this love, you love your child so ill,
That you run mad, seeing that she is well:
She's not well married that lives married long,
But she's best married that dies married young.
Dry up your tears, and stick your rosemary
On this fair corse; and, as the custom is,
In all her best array bear her to church;
For though fond nature bids us all lament,
Yet nature's tears are reason's merriment.
CAPULET. All things that we ordained festival,
Turn from their office to black funeral,
Our instruments to melancholy bells,

Seit ihrer langen Pilgerschaft gesehn.
Nur eins, ein einzig armes, liebes Kind,
Ein Wesen nur, mich dran zu freun, zu laben;
Und grausam riß es mir der Tod hinweg.
WÄRTERIN. O Weh! O Jammer — Jammer — Jammertag!
Höchst unglücksel'ger Tag! betrübter Tag!
Wie ich noch nimmer, nimmer einen sah!
O Tag! o Tag! o Tag! verhaßter Tag!
Solch schwarzen Tag wie diesen gab es nie.
O Jammertag! o Jammertag!
PARIS. Berückt! geschieden! schwer gekränkt! erschlagen!
Fluchwürd'ger, arger Tod, durch dich berückt!
Durch dich so grausam, grausam hingestürzt!
O Lieb'! o Leben! nein, nur Lieb' im Tode!
CAPULET. Verhöhnt! bedrängt! gehaßt! zermalmt! getötet! —
Trostlose Zeit! deswegen kamst du jetzt,
Zu morden, morden unser Freudenfest? —
O Kind! Kind! — meine Seel' und nicht mein Kind! —
Tot bist du? — Wehe mir! mein Kind ist tot,
Und mit dem Kinde starben meine Freuden.
LORENZO. Still! hegt doch Scham! solch Stürmen stillet nicht
Des Leidens Sturm. Ihr teiltet mit dem Himmel
Dies schöne Mädchen; nun hat er sie ganz,
Und um so besser ist es für das Mädchen.
Ihr konntet euer Teil nicht vor dem Tod
Bewahren; seins bewahrt im ew'gen Leben
Der Himmel. Sie erhöhn, war euer Ziel;
Eur Himmel war's, wenn sie erhoben würde:
Und weint ihr nun, erhoben sie zu sehn
Hoch über Wolken, wie der Himmel hoch?
O, wie verkehrt doch euer Lieben ist!
Verzweifelt ihr, weil ihr sie glücklich wißt?
Die lang vermählt lebt, ist nicht wohl vermählt;
Wohl ist vermählt, die früh der Himmel wählet
Hemmt eure Tränen, streuet Rosmarin
Auf diese schöne Leich', und, nach der Sitte,
Tragt sie zur Kirch' in ihrem besten Staat.
Denn heischt gleich die Natur ein schmerzlich Sehnen,
So laßt doch die Vernunft bei ihren Tränen.
CAPULET. Was wir nur irgend festlich angestellt,
Kehrt sich von seinem Dienst zu schwarzer Trauer.
Das Spiel der Saiten wird zum Grabgeläut,

Our wedding cheer to a sad burial feast,
Our solemn hymns to sullen dirges change,
Our bridal flowers serve for a buried corse,
And all things change them to the contrary.
FRIAR. Sir, go you in; — and, madam, go with him; —
And go, Sir Paris; — every one prepare
To follow this fair corse unto her grave.
The heavens do lour upon you for some ill;
Move them no more by crossing their high will.
Exeunt Capulet, Lady Capulet, Paris, and Friar.
FIRST MUSICIAN. Faith, we may put up our pipes, and be gone.

NURSE. Honest good fellows, ah, put up, put up;
For, well you know, this is a pitiful case. *Exit.*
FIRST MUSICIAN. Ay, by my troth, the case may be amended.

Enter Peter.
PETER. Musicians, O, musicians, "Heart's ease, Heart's ease": O, an you will have me live, play "Heart's ease".

FIRST MUSICIAN. Why "Heart's ease?"
PETER. O, musicians, because my heart itself plays "My heart is full of woe". O, play me some merry dump, to comfort me.

FIRST MUSICIAN. Not a dump we; 'tis no time to play now.

PETER. You will not then?
FIRST MUSICIAN. No.
PETER. I will then give it you soundly.
FIRST MUSICIAN. What will you give us?
PETER. No money, on my faith, but the gleek; I will give you the minstrel.
FIRST MUSICIAN. Then will I give you the serving-creature.
PETER. Then will I lay the serving-creature's dagger on your pate. I will carry no crotchets: I'll re you, I'll fa you. Do you note me?
FIRST MUSICIAN. An you re us and fa us, you note us.

SECOND MUSICIAN. Pray you, put up your dagger, and put out your wit.

Die Hochzeitslust zum ernsten Leichenmahl;
Aus Feierliedern werden Totenmessen,
Der Brautkranz dient zum Schmucke für die Bahre,
Und alles wandelt sich ins Gegenteil.
LORENZO. Verlaßt sie, Herr; geht mit ihm, gnäd'ge Frau;
Auch ihr, Graf Paris: macht euch alle fertig,
Der schönen Leiche hin zur Gruft zu folgen.
Der Himmel zürnt mit euch um sünd'ge Tat:
Reizt ihn nicht mehr, gehorcht dem hohen Rat
     Capulet, Gräfin Capulet, Paris und Lorenzo ab.
ERSTER MUSIKANT. Mein Seel! wir können unsre Pfeifen
auch nur einstecken und uns packen.
WÄRTERIN. Ihr guten Leute, ja, steckt ein! Steckt ein!
Die Sachen hier sehn gar erbärmlich aus. *Ab.*
ERSTER MUSIKANT *zeigt auf sein Instrument.* Ja, meiner Treu,
die Sachen hier könnten wohl besser aussehen, aber sie klingen
doch gut.

PETER. O Musikanten! Musikanten! spielt:
„Frisch auf, mein Herz! frisch auf, mein Herz, und singe!"
O spielt, wenn euch mein Leben lieb ist, spielt:
„Frisch auf, mein Herz!"
ERSTER MUSIKANT. Warum: „Frisch auf, mein Herz!"?
PETER. O Musikanten, weil mein Herz selber spielt: „Mein Herz
voll Angst und Noten." O spielt mir eine lustige Litanei, um mich
aufzurichten.
ZWEITER MUSIKANT. Nichts da von Litanei! Es ist jetzt nicht
Spielens Zeit.
PETER. Ihr wollt es also nicht?
MUSIKANTEN. Nein.
PETER. Nun so will ich es euch schon eintränken.
ERSTER MUSIKANT. Was wollt ihr uns eintränken?

PETER. Keinen Wein, wahrhaftig; ich will euch eure Instrumente
um den Kopf schlagen. Ich will euch befa — sol — laen. Das
notiert euch.
ERSTER MUSIKANT. Wenn ihr uns befa — sol — laet, so
notiert ihr uns.

PETER. Then have at you with my wit! I will drybeat you with
an iron wit, and put up my iron dagger. Answer me like men:

> When griping grief the heart doth wound,
> And doleful dumps the mind oppress,
> Then music with her silver sound —

why "silver sound"? why "music with her silver sound"? —
What say you, Simon Catling?
FIRST MUSICIAN. Marry, sir, because silver hath a sweet sound.

PETER. Pretty! — What say you, Hugh Rebeck?
SECOND MUSICIAN. I say "silver sound", because musicians
sound for silver.
PETER. Pretty too! — What say you, James Soundpost?
THIRD MUSICIAN. Faith, I know not what to say.
PETER. O, I cry you mercy, you are the singer; I will say for you.
It is "music with her silver sound", because musicians have no
gold for sounding:

> Then music with her silver sound
> With speedy help doth lend redress.
> *Exit.*

FIRST MUSICIAN. What a pestilent knave is this same!
SECOND MUSICIAN. Hang him, Jack! — Come, we 'll in here; tarry
for the mourners, and stay dinner. *Exeunt.*

ACT THE FIFTH

SCENE I

MANTUA. A STREET

Enter Romeo.

ROMEO. If I may trust the flattering truth of sleep,
My dreams presage some joyful news at hand:
My bosom's lord sits lightly in his throne,
And all this day an unaccustom'd spirit
Lifts me above the ground with cheerful thoughts.
I dreamt my lady came and found me dead —
Strange dream, that gives a dead man leave to think!
And breathed such life with kisses in my lips

PETER. Hört, spannt mir einmal eure Schafsköpfe, wie die Schafsdärme an euren Geigen. Antwortet verständlich:

> „Wenn in der Leiden hartem Drang
> „Das bange Herze will erliegen,
> „Musik mit ihrem Silberklang" —

Warum „Silberklang"? warum „Musik mit ihrem Silberklang"? Was sagt ihr, Hans Kolophonium?

ERSTER MUSIKANT. Ei nun, Musje, weil Silber einen feinen Klang hat.

PETER. Recht artig! Was sagt ihr, Michel Hackebrett?

ZWEITER MUSIKANT. Ich sage „Silberklang", weil Musik nur für Silber klingt.

PETER. Auch recht artig! Was sagt ihr, Jakob Gellohr?

DRITTER MUSIKANT. Mein Seel, ich weiß nicht, was ich sagen soll.

PETER. O ich bitt' euch um Vergebung! Ihr seid der Sänger, singt nur; so will ich es denn für euch sagen. Es heißt „Musik mit ihrem Silberklang", weil solche Kerle wie ihr kein Gold fürs Spielen kriegen.

> „Musik mit ihrem Silberklang"
> „Weiß hülfreich ihnen obzusiegen."

Geht singend ab.

ERSTER MUSIKANT. Was für ein Schalksnarr ist der Kerl?

ZWEITER MUSIKANT. Hol' ihn der Henker! Kommt, wir wollen hier hineingehn, auf die Trauerleute warten, und sehen, ob es nichts zu essen gibt. *Alle ab.*

AKT V

SZENE I

MANTUA. EINE STRASSE

Romeo tritt auf.

ROMEO. Darf ich dem Schmeichelblick des Schlafes traun,
So deuten meine Träum' ein nahes Glück.
Leicht auf dem Thron sitzt meiner Brust Gebieter;
Mich hebt ein ungewohnter Geist mit frohen
Gedanken diesen ganzen Tag empor.
Mein Mädchen, träumt' ich, kam und fand mich tot
(Seltsamer Traum, der Tote denken läßt!)
Und hauchte mir solch Leben ein mit Küssen,

That I revived, and was an emperor.
Ah me! how sweet is love itself possess'd,
When but love's shadows are so rich in joy!
                    Enter Balthasar, booted.
News from Verona! How now, Balthasar!
Dost thou not bring me letters from the friar?
How doth my lady? Is my father well?
How fares my Juliet? that I ask again;
For nothing can be ill if she be well.
BALTHASAR. Then she is, well, and nothing can be ill:
Her body sleeps in Capel's monument,
And her immortal part with angels lives.
I saw her laid low in her kindred's vault,
And presently took post to tell it you:
O, pardon me for bringing these ill news,
Since you did leave it for my office, sir.
ROMEO. Is it even so? then I defy you, stars! —
Thou know'st my lodging: get me ink and paper,
And hire post-horses; I will hence to-night.
BALTHASAR. I do beseech you, sir, have patience:
Your looks are pale and wild, and do import
Some misadventure.
ROMEO.   Tush, thou art deceived;
Leave me, and do the thing I bid thee do.
Hast thou no letters to me from the friar?
BALTHASAR. No, my good lord.
ROMEO.   No matter: get thee gone,
And hire those horses; I 'll be with thee straight.
                    Exit Balthasar.
Well, Juliet, I will lie with thee to-night.
Let's see for means: — O mischief, thou art swift
To enter in the thoughts of desperate men!
I do remember an apothecary,
And hereabouts he dwells, which late I noted
In tatter'd weeds, with overwhelming brows,
Culling of simples; meagre were his looks,
Sharp misery had worn him to the bones:
And in his needy shop a tortoise hung,
An alligator stuff'd and other skins
Of ill-shaped fishes; and about his shelves
A beggarly account of empty boxes,
Green earthen pots, bladders and musty seeds,

Daß ich vom Tod erstand, und Kaiser war.
Ach Herz! wie süß ist Liebe selbst begabt,
Da schon so reich an Freud' ihr Schatten ist.

Balthasar tritt gestiefelt auf.

Ha, Neues von Verona! Sag', wie steht's?
Bringst du vom Pater keine Briefe mit?
Was macht mein teures Weib? Wie lebt mein Vater?
Ist meine Julia wohl? das frag' ich wieder;
Denn nichts kann übel stehn, geht's ihr nur wohl.
BALTHASAR. Nun, ihr geht's wohl, und nichts kann übel stehn,
Ihr Körper schläft in Capulets Begräbnis,
Und ihr unsterblich Teil lebt bei den Engeln.
Ich sah sie senken in der Vater Gruft,
Und ritt in Eil hieher, es euch zu melden.
O Herr, verzeiht die schlimme Botschaft mir,
Weil ihr dazu den Auftrag selbst mir gabt.
ROMEO. Ist es denn so? Ich biet' euch Trotz, ihr Sterne! —
Du kennst mein Haus: hol' mir Papier und Tinte,
Und miete Pferde; ich will fort zu Nacht.
BALTHASAR. Verzeiht, ich darf euch so nicht lassen, Herr!
Ihr seht so blaß und wild, und eure Blicke
Weissagen Unglück.
ROMEO.   Nicht doch, du betrügst dich.
Laß mich, und tu, was ich dich heiße tun.
Hast du für mich vom Pater keine Briefe?
BALTHASAR. Nein, bester Herr.
ROMEO.   Es tut nichts; mach' dich auf
Und miete Pferd', ich komme gleich zu Haus.

Balthasar ab.

Wohl, Julia! heut Nacht ruh' ich bei dir.
Ich muß auf Mittel sinnen. — O wie schnell
Drängt Unheil sich in der Verzweiflung Rat!
Mir fällt ein Apotheker ein; er wohnt
Hier irgendwo herum. — Ich sah ihn neulich,
Zerlumpt, die Augenbrauen überhangend;
Er suchte Kräuter aus; hohl war sein Blick,
Ihn hatte herbes Elend ausgemergelt;
Ein Schildpatt hing in seinem dürft'gen Laden,
Ein ausgestopftes Krokodil, und Häute
Von mißgestalten Fischen; auf dem Sims
Ein bettelhafter Prunk von leeren Büchsen,
Und grüne Topfe, Blasen, müff'ger Samen,

Remnants of packthread, and old cakes of roses,
Were thinly scatter'd to make up a show.
Noting this penury, to myself I said,
An if a man did need a poison now,
Whose sale is present death in Mantua,
Here lives a caitiff wretch would sell it him.
O, this same thought did but forerun my need,
And this same needy man must sell it me.
As I remember, this should be the house:
Being holiday, the beggar's shop is shut. —
What, ho? apothecary!

Enter Apothecary.

APOTHECARY.   Who calls so loud?
ROMEO. Come hither, man. I see that thou art poor;
Hold, there is forty ducats: let me have
A dram of poison, such soon-speeding gear
As will disperse itself through all the veins
That the life-weary taker may fall dead,
And that the trunk may be discharged of breath,
As violently as hasty powder fired
Doth hurry from the fatal cannon's womb.
APOTHECARY. Such mortal drugs I have; but Mantua's law
Is death to any he that utters them.

ROMEO. Art thou so bare, and full of wretchedness,
And fear'st to die? famine is in thy cheeks,
Need and oppression starveth in thy eyes,
Contempt and beggary hangs upon thy back;
The world is not thy friend nor the world's law:
The world affords no law to make thee rich;
Then be not poor, but break it, and take this.

APOTHECARY. My poverty, but not my will, consents.
ROMEO. I pay thy poverty, and not thy will.
APOTHECARY. Put this in any liquid thing you will,
And drink it off; and, if you had the strength
Of twenty men, it would dispatch you straight.
ROMEO. There is thy gold, worse poison to men's souls
Doing more murder in this loathsome world
Than these poor compounds that thou mayst not sell:
I sell thee poison, thou hast sold me none.

Bindfaden-Endchen, alte Rosenkuchen,
Das alles dünn verteilt, zur Schau zu dienen.
Betrachtend diesen Mangel, sagt' ich mir:
Bedürfte jemand Gift hier, des Verkauf
In Mantua sogleich zum Tode führt,
Da lebt ein armer Schelm, der's ihm verkaufte.
O, der Gedanke zielt' auf mein Bedürfnis,
Und dieser dürft'ge Mann muß mir's verkaufen.
Soviel ich mich entsinn', ist dies das Haus:
Weil's Festtag ist, schloß seinen Kram der Bettler.
He! holla! Apotheker!

Der Apotheker kommt heraus.

APOTHEKER. Wer ruft so laut?
ROMEO. Mann, komm hieher! — Ich sehe, du bist arm,
Nimm, hier sind vierzig Stück Dukaten: gib
Mir eine Dose Gift; solch scharfen Stoff,
Der schnell durch alle Adern sich verteilt,
Daß tot der lebensmüde Trinker hinfällt,
Und daß die Brust den Odem von sich stößt
So ungestüm, wie schnell entzündet Pulver
Aus der Kanone furchtbarm Schlunde blitzt
APOTHEKER. So tödliche Arzneien hab' ich wohl,
Doch Mantuas Gesetz ist Tod für jeden,
Der feil sie gibt.
ROMEO.   Bist du so nackt und bloß,
Von Plagen so bedrückt, und scheust den Tod?
Der Hunger sitzt in deinen hohlen Backen,
Not und Bedrängnis darbt in deinem Blick,
Auf deinem Rücken hangt zerlumptes Elend,
Die Welt ist nicht dein Freund, noch ihr Gesetz:
Die Welt hat kein Gesetz, dich reich zu machen!
Drum sei nicht arm, brich das Gesetz und nimm.
APOTHEKER. Nur meine Armut, nicht mein Wille weicht.
ROMEO. Nicht deinem Willen, deiner Armut zahl' ich.
APOTHEKER. Tut dies in welche Flüssigkeit ihr wollt,
Und trinkt es aus; und hättet ihr die Stärke
Von Zwanzigen, es hülf' euch gleich davon.
ROMEO. Da ist dein Gold, ein schlimmres Gift den Seelen'
Der Menschen, das in dieser eklen Welt
Mehr Mord verübt, als diese armen Tränkchen,
Die zu verkaufen dir verboten ist.
Ich gebe Gift dir; du verkaufst mir keins.

Farewell: buy food, and get thyself in flesh. —
Come, cordial and not poison, go with me
To Juliet's grave, for there must I use thee. *Exeunt.*

SCENE II

VERONA. FRIAR LAURENCE'S CELL

Enter Friar John.

FRIAR JOHN. Holy Franciscan friar! brother, ho!
Enter Friar Laurence.
FRIAR LAURENCE. This same should be the voice of Friar
John. — Welcome from Mantua: what says Romeo?
Or, if his mind be writ, give me his letter.

FRIAR JOHN. Going to find a bare-foot brother out,
One of our order, to associate me,
Here in this city visiting the sick,
And finding him, the searchers of the town,
Suspecting that we both were in a house
Where the infectious pestilence did reign,
Seal'd up the doors, and would not let us forth;
So that my speed to Mantua there was stay'd.

FRIAR LAURENCE. Who bare my letter then to Romeo?
FRIAR JOHN. I could not send it, — here it is again, —
Nor get a messenger to bring it thee,
So fearful were they of infection.
FRIAR LAURENCE. Unhappy fortune! by my brotherhood,
The letter was not nice, but full of charge
Of dear import; and the neglecting it
May do much danger. Friar John, go hence;
Get me an iron crow, and bring it straight
Unto my cell.
FRIAR JOHN. Brother, I 'll go and bring it thee. *Exit.*
FRIAR LAURENCE. Now must I to the monument alone;
Within this three hours will fair Juliet wake:
She will beshrew me much that Romeo
Hath had no notice of these accidents;
But I will write again to Mantua,
And keep her at my cell till Romeo come:
Poor living corse, closed in a dead man's tomb! *Exit.*

Leb' wohl, kauf Speis' und füttre dich heraus! —
Komm, Stärkungstrank, nicht Gift! Begleite mich
Zu Juliens Grab, denn dort bedarf ich dich. *Ab.*

SZENE II

LORENZOS ZELLE

Bruder Marcus kommt.

MARCUS. Ehrwürd'ger Bruder Franziskaner! he!
Bruder Lorenzo kommt.
LORENZO. Das ist ja wohl des Bruder Marcus Stimme. —
Willkommen mir von Mantua! Was sagt
Denn Romeo? faßt' er es schriftlich ab,
So gib den Brief.
MARCUS.   Ich ging, um einen Bruder
Barfüßer unsers Ordens, der den Kranken
In dieser Stadt hier zuspricht, zum Geleit
Mir aufzusuchen; und da ich ihn fand,
Argwöhnten die dazu bestellten Späher,
Wir waren beid' in einem Haus, in welchem
Die böse Seuche herrschte, siegelten
Die Türen zu, und ließen uns nicht gehn.
Dies hielt mich ab, nach Mantua zu eilen.
LORENZO. Wer trug denn meinen Brief zum Romeo?
MARCUS. Da hast du ihn, ich konnt' ihn nicht bestellen.
Ihn dir zu bringen, fand kein Bote sich,
So bange waren sie vor Ansteckung.
LORENZO. Unsel'ges Mißgeschick. Bei meinem Orden,
Nicht eitel war der Brief: sein Inhalt war
Von teuren Dingen, und die Säumnis kann
Gefährlich werden. Bruder Marcus, geh,
Hol' ein Brecheisen mir, und bring's sogleich
In meine Zell.
MARCUS.   Ich geh' und bring's dir, Bruder. *Ab.*
LORENZO. Ich muß allein zur Gruft nun. Innerhalb
Drei Stunden wird das schöne Kind erwachen;
Verwünschen wird sie mich, weil Romeo
Vom ganzen Vorgang nichts erfahren hat
Doch schreib ich gleich aufs neu nach Mantua,
Und berge sie so lang in meiner Zell',
Bis ihr Geliebter kommt: die arme Seele!
Lebend'ge Leich' in dumpfer Grabeshöhle! *Ab.*

SCENE III

THE SAME. A CHURCHYARD; IN IT A MONUMENT BE- LONGING TO THE CAPULETS

Enter Paris and his Page, bearing flowers and a torch.

PARIS. Give me thy torch, boy: hence, and stand aloof: —
Yet put it out, for I would not be seen.
Under yond yew-trees lay thee all along,
Holding thine ear close to the hollow ground;
So shall no foot upon the churchyard tread,
Being loose, unfirm, with digging up of graves,
But thou shalt hear it: whistle then to me,
As signal that thou hear'st something approach.
Give me those flowers. Do as I bid thee; go.
PAGE *aside.* I am almost afraid to stand alone
Here in the churchyard; yet I will adventure. *Retires.*
PARIS. Sweet flower, with flowers thy bridal bed I strew, —
O woe! thy canopy is dust and stones —
Which with sweet water nightly I will dew,
Or, wanting that, with tears distill'd by moans:
The obsequies that I for thee will keep
Nightly shall be to strew thy grave and weep.

The Page whistles.

The boy gives warning something doth approach.
What cursed foot wanders this way to-night,
To cross my obsequies and true love's rite?
What, with a torch! — muffle me, night, awhile. *Retires.*

Enter Romeo and Balthasar, with a torch, mattock, etc.

ROMEO. Give me that mattock and the wrenching iron.
Hold, take this letter; early in the morning
See thou deliver it to my lord and father.
Give me the light: upon thy life I charge thee,
Whate'er thou hear'st or seest, stand all aloof,
And do not interrupt me in my course.
Why I descend into this bed of death
Is partly to behold my lady's face,
But chiefly to take thence from her dead finger
A precious ring, a ring that I must use
In dear employment: therefore hence, be gone:

SZENE III

EIN KIRCHHOF; AUF DEMSELBEN DAS FAMILIEN-BEGRÄBNIS DER CAPULETS

Paris und sein Page, mit Blumen und einer Fackel, treten auf.

PARIS. Gib mir die Fackel, Knab', und halt dich fern. —
Nein, lisch sie aus; man soll mich hier nicht sehn.
Dort unter jenen Ulmen streck' dich hin,
Und leg' dein Ohr dicht an den hohlen Grund:
So kann kein Fuß auf diesen Kirchhof treten,
Der locker aufgewühlt von vielen Gräbern,
Daß du's nicht hörest: pfeife dann mir zu,
Zum Zeichen, daß du etwas nahen hörst.
Gib mir die Blumen, tu, wie ich dir sagte.
PAGE. Fast grauet mir, so auf dem Kirchhof hier
Allein zu bleiben; doch, ich will es wagen. *Entfernt sich.*
PARIS. Dein brautlich Bett bestreu' ich, süße Blume,
Mit Blumen dir; du schließest, holdes Grab,
Der sel'gen Welt vollkommnes Muster ein.
O schöne Julia, Engeln zugesellt!
Nimm diese letzte Gab' aus dessen Händen,
Der dich im Leben ehrte, und im Tod
Mit Preis und Klage deine Ruhstatt ziert.
     Der Knabe pfeift.
Der Bube gibt ein Zeichen; jemand naht.
Welch ein verdammter Fuß kommt dieses Wegs
Und stört die Leichenfeier frommer Liebe?
Mit einer Fackel? wie? Verhülle, Nacht,
Ein Weilchen mich. *Er tritt beiseite.*
   Romeo und Balthasar mit einer Fackel, Haue usw.
ROMEO. Gib mir das Eisen und die Haue her.
Nimm diesen Brief: früh Morgens siehe zu,
Daß du ihn meinem Vater überreichst.
Gib mir das Licht; aufs Leben bind' ich's dir,
Was du auch hörst und siehst, bleib in der Feme,
Und unterbrich mich nicht in meinem Tun.
Ich steig' in dieses Todesbett hinab,
Teils meiner Gattin Angesicht zu sehn,
Vornehmlich aber einen kostbarn Ring
Von ihrem toten Finger abzuziehn,
Den ich zu einem wicht'gen Werk bedarf.

But if thou, jealous, dost return to pry
In what I farther shall intend to do,
By heaven, I will tear thee joint by joint,
And strew this hungry churchyard with thy limbs:
The time and my intents are savage-wild,
More fierce and more inexorable far
Than empty tigers or the roaring sea.
BALTHASAR. I will be gone, sir, and not trouble you.
ROMEO. So shalt thou show me friendship. Take thou that:
live, and be prosperous; and farewell, good fellow.
BALTHASAR *aside*. For all this same, I 'll hide me hereabout:
His looks I fear, and his intents I doubt.
                                        Retires.
ROMEO. Thou detestable maw, thou womb of death,
Gorged with the dearest morsel of the earth,
Thus I enforce thy rotten jaws to open,
                              Opens the tomb.
And, in despite, I 'll cram thee with more food!
PARIS. This is that banish'd haughty Montague,
That murder'd my love's cousin, with which grief
It is supposed the fair creature died;
And here is come to do some villanous shame
To the dead bodies: I will apprehend him.
                              Comes forward.
Stop thy unhallow'd toil, vile Montague,
Can vengeance be pursued further than death?
Condemned villain, I do apprehend thee:
Obey, and go with me; for thou must die.
ROMEO. I must indeed; and therefore came I hither.
Good gentle youth, tempt not a desperate man;
Fly hence and leave me: think upon these gone;
Let them affright thee. I beseech thee, youth,
Put not another sin upon my head
By urging me to fury: O, be gone!
By heaven, I love thee better than myself,
For I come hither arm'd against myself:
Stay not, be gone; live, and hereafter say
A madman's mercy bid thee run away.
PARIS. I do defy thy conjurations
And apprehend thee for a felon here.
ROMEO. Wilt thou provoke me? then have at thee, boy!
                              They fight.

Drum auf, und geh! Und kehrest du zurück,
Vorwitzig meiner Absicht nachzuspähn,
Bei Gott! so reiß' ich dich in Stücke, säe
Auf diesen gier'gen Boden deine Glieder.
Die Nacht und mein Gemüt sind wütend-wild,
Viel grimmer und viel unerbittlicher
Als durst'ge Tiger und die wüte See.
BALTHASAR. So will ich weggehn, Herr, und euch nicht stören.
ROMEO. Dann tust du als mein Freund. Nimm, guter Mensch,
Leb' und sei glücklich, und gehab' dich wohl.
BALTHASAR *für sich.* Trotz allem dem will ich mich hier verstecken:
Ich trau' ihm nicht, sein Blick erregt mir Schrecken.
Entfernt sich.
ROMEO. O du verhaßter Schlund! du Bauch des Todes!
Der du der Erde Köstlichstes verschlangst,
So brech' ich deine morschen Kiefern auf,
Und will, zum Trotz, noch mehr dich überfüllen.
Er bricht die Türe des Gewölbes auf.
PARIS. Ha! der verbannte stolze Montague,
Der Juliens Vetter mordete; man glaubt,
An diesem Grame starb das holde Wesen.
Hier kommt er jetzt, um niederträcht'gen Schimpf
Den Leichen anzutun: ich will ihn greifen. —
Tritt hervor.
Laß dein verruchtes Werk, du Montague!
Wird Rache übern Tod hinaus verfolgt?
Verdammter Bube! ich verhafte dich;
Gehorch' und folge mir, denn du mußt sterben.
ROMEO. Fürwahr, das muß ich: darum kam ich her.
Versuch' nicht, guter Jüngling, den Verzweifelnden!
Entflieh, und laß mich; denke dieser Toten!
Laß sie dich schrecken! — Ich beschwör' dich, Jüngling,
Lad' auf mein Haupt nicht eine neue Sünde,
Wenn du zur Wut mich reizest; geh, o geh!
Bei Gott, ich liebe mehr dich wie mich selbst,
Denn gegen mich gewaffnet komm' ich her.
Fort! eile! leb' und nenn' barmherzig ihn,
Den Rasenden, der dir gebot zu fliehn!
PARIS. Ich kümmre mich um dein Beschwören nicht,
Und greife dich als Missetäter hier.
ROMEO. Willst du mich zwingen? Knabe, sieh dich vor!
Sie fechten.

PAGE. O Lord, they fight! I will go call the watch. *Exit.*
PARIS. O, I am slain! — *Falls.* If thou be merciful,
Open the tomb, lay me with Juliet. *Dies.*
ROMEO. In faith, I will. — Let me peruse this face:
Mercutio's kinsman, noble County Paris!
What said my man when my betossed soul
Did not attend him as we rode? I think
He told me Paris should have married Juliet:
Said he not so? or did I dream it so?
Or am I mad, hearing him talk of Juliet,
To think it was so? — O, give me thy hand,
One writ with me in sour misfortune's book!
I'll bury thee in a triumphant grave;
A grave? O, no, a lantern, slaughter'd youth;
For here lies Juliet, and her beauty makes
This vault a feasting presence full of light.
Death, lie thou there, by a dead man interr'd. —

Laying Paris in the tomb.
How oft when men are at the point of death
Have they been merry! which their keepers call
A lightning before death: O, how may I
Call this a lightning? — O my love! my wife!
Death, that hath suck'd the honey of thy breath,
Hath had no power yet upon thy beauty:
Thou art not conquer'd; beauty's ensign yet
Is crimson in thy lips and in thy cheeks,
And death's pale flag is not advanced there. —
Tybalt, liest thou there in thy bloody sheet?
O, what more favour can I do to thee
Than with that hand that cut thy youth in twain
To sunder his that was thine enemy?
Forgive me, cousin! — Ah, dear Juliet,
Why art thou yet so fair? shall I believe
That unsubstantial Death is amorous,
And that the lean abhorred monster keeps
Thee here in dark to be his paramour?
For fear of that I still will stay with thee,
And never from this palace of dim night
Depart again: here, here will I remain
With worms that are thy chambermaids; O, here

PAGE. Sie fechten: Gott! ich will die Wache rufen. *Ab.*
PARIS. O ich bin hin! — *Fällt.* Hast du Erbarmen, öffne
Die Gruft, und lege mich zu Julien. *Er stirbt.*
ROMEO. Auf Ehr', ich will's. — Laßt sein Gesicht mich schaun.
Mercutios edler Vetter ist's, Graf Paris.
Was sagte doch mein Diener, weil wir ritten,
Als die bestürmte Seel' es nicht vernahm? —
Ich glaube: Julia habe sich mit Paris
Vermählen sollen; sagt' er mir nicht so?
Wie, oder träumt' ich's? oder bild' ich's mir
Im Wahnsinn ein, weil er von Julien sprach?
O gib mir deine Hand, du, so wie ich
Ins Buch des herben Unglücks eingezeichnet!
Ein siegeprangend Grab soll dich empfangen.
Ein Grab? Nein, eine Leucht', erschlagner Jüngling!
Denn hier liegt Julia; ihre Schönheit macht
Zur lichten Feierhalle dies Gewölb',
Da lieg begraben, Tod, von einem Toten! —
        Er legt den Paris in das Begräbnis.
Wie oft sind Menschen, schon des Todes Raub,
Noch fröhlich worden! Ihre Wärter nennen's
Den letzten Lebensblitz. Wohl mag nun dies
Ein Blitz mir heißen. — O mein Herz! mein Weib!
Der Tod, der deines Odems Balsam sog,
Hat über deine Schönheit nichts vermocht
Noch bist du nicht besiegt: der Schönheit Fahne
Weht purpurn noch auf Lipp' und Wange dir;
Hier pflanzte nicht der Tod sein bleiches Banner. —
Liegst du da, Tybalt, in dem blut'gen Tuch?
O, welchen größern Dienst kann ich dir tun,
Als mit der Hand, die deine Jugend fällte,
Des Jugend, der dein Feind war, zu zerreißen?
Vergib mir, Vetter! — Liebe Julia,
Warum bist du so schön noch? Soll ich glauben –
Ja, glauben will ich (komm, lieg mir im Arm!),
Der körperlose Tod entbrenn' in Liebe,
Und der verhaßte, hagre Unhold halte
Als seine Buhle hier im Dunkeln dich.
Aus Furcht davor will ich dich nie verlassen
Und will aus diesem Palast dichter Nacht
Nie wieder weichen: hier, hier will ich bleiben
Mit Würmern, so dir Dienerinnen sind.

Will I set up my everlasting rest,
And shake the yoke of inauspicious stars
From this world-wearied flesh. — Eyes, look your last!
Arms, take your last embrace! and, lips, O you,
The doors of breath, seal with a righteous kiss
A dateless bargain to engrossing death!
Come, bitter conduct, come, unsavoury guide!
Thou desperate pilot, now at once run on
The dashing rocks thy sea-sick weary bark!
Here's to my love! *Drinks.* O true apothecary.
Thy drugs are quick. — Thus with a kiss I die.
                                        Dies.

Enter, at the other end of the churchyard, Friar
Laurence, with a lantern, crow, and spade.
FRIAR. Saint Francis be my speed! how oft to-night
Have my old feet stumbled at graves! — Who's there?

BALTHASAR. Here's one, a friend, and one that knows you well.
FRIAR. Bliss be upon you! Tell me, good my friend,
What torch is yond, that vainly lends his light
To grubs and eyeless skulls? as I discern,
It burneth in the Capels' monument.
BALTHASAR. It doth so, holy sir; and there's my master,
One that you love.
FRIAR.   Who is it?
BALTHASAR.   Romeo.
FRIAR. How long hath he been there?
BALTHASAR.   Full half an hour.
FRIAR. Go with me to the vault
BALTHASAR.   I dare not, sir:
My master knows not but I am gone hence;
And fearfully did menace me with death
If I did stay to look on his intents.
FRIAR. Stay, then; I'll go alone. — Fear comes upon me;
O, much I fear some ill unlucky thing.
BALTHASAR. As I did sleep under this yew-tree here,
I dreamt my master and another fought,
And that my master slew him.
FRIAR.   Romeo! *Advances.*
Alack, alack, what blood is this which stains

O, hier bau' ich die ew'ge Ruhstatt mir,
Und schüttle von dem lebensmüden Leibe
Das Joch feindseliger Gestirne. — Augen,
Blickt euer Letztes! Arme, nehmt die letzte
Umarmung! und o Lippen, ihr, die Tore
Des Odems, siegelt mit rechtmäß'gem Kusse
Den ewigen Vertrag dem Wucherer Tod.
Komm, bittrer Führer! widriger Gefährt'!
Verzweifelter Pilot! Nun treib auf einmal
Dein sturmerkranktes Schiff in Felsenbrandung!
Dies auf dein Wohl, wo du auch stranden magst!
Dies meiner Lieben! — *Er trinkt.* O wackrer Apotheker!
Dein Trank wirkt schnell. — Und so im Kusse sterb' ich.

Er stirbt.
Bruder Lorenzo kommt am andern Ende des Kirchhofs
mit Laterne, Brecheisen und Spaten.

LORENZO. Helf' mir Sankt Franz! Wie oft sind über Gräber
Nicht meine alten Füße heut gestolpert!
Wer ist da?
BALTHASAR. Ein Freund, und einer, dem ihr wohlbekannt.
LORENZO. Gott segne dich! Sag' mir, mein guter Freund,
Welch eine Fackel ist's, die dort ihr Licht
Umsonst den Würmern leiht und blinden Schädeln?
Mir scheint, sie brennt in Capulets Begräbnis.
BALTHASAR. Ja, würd'ger Pater, und mein Herr ist dort,
Ein Freund von euch.
LORENZO.   Wer ist es?
BALTHASAR.   Romeo.
LORENZO. Wie lange schon?
BALTHASAR.   Voll eine halbe Stunde.
LORENZO. Geh mit mir zu der Gruft.
BALTHASAR.   Ich darf nicht, Herr.
Mein Herr weiß anders nicht, als ich sei fort,
Und drohte furchtbarlich den Tod mir an,
Blieb' ich, um seinen Vorsatz auszuspähn.
LORENZO. So bleib, ich geh' allein. — Ein Graun befällt mich;
O, ich befürchte sehr ein schlimmes Unglück!
BALTHASAR. Derweil ich unter dieser Ulme schlief,
Träumt' ich, mein Herr und noch ein andrer föchten,
Und er erschlüge jenen.
LORENZO.   Romeo? *Er geht weiter nach vorn.*
O wehe, weh mir! Was für Blut befleckt

The stony entrance of this sepulchre?
What mean these masterless and gory swords
To lie discolour'd by this place of peace?
                    Enters the tomb.
Romeo! O, pale! — Who else? what, Paris too?
And steep'd in blood? — Ah, what an unkind hour
Is guilty of this lamentable chance! —
The lady stirs. *Juliet wakes.*

JULIET. O comfortable friar! where is my lord?
I do remember well where I should be,
And there I am: where is my Romeo?
                    Noise within.
FRIAR. I hear some noise. — Lady, come from that nest
Of death, contagion, and unnatural sleep:
A greater power than we can contradict
Hath thwarted our intents: come, come away:
Thy husband in thy bosom there lies dead;
And Paris too: come, I 'll dispose of thee
Among a sisterhood of holy nuns.
Stay not to question, for the watch is coming:
Come, go, good Juliet; I dare no longer stay. *Exit.*

JULIET. Go, get thee hence, for I will not away. —
What's here? a cup closed in my true love's hand?
Poison, I see, hath been his timeless end: —
O churl! drunk all, and left no friendly drop
To help me after? — I will kiss thy lips;
Haply some poison yet doth hang on them,
To make me die with a restorative. *Kisses him.*
Thy lips are warm!

FIRST WATCH *within.* Lead, boy: which way?
JULIET. Yea, noise? then I'll be brief. — O happy dagger!
                    Snatching Romeo's dagger.
This is thy sheath;   *Stabs herself.*
                    there rust, and let me die.
                    Falls on Romeo's body, and dies.

Enter Watch, with the Page of Paris.
PAGE. This is the place; there, where the torch doth burn.

Die Steine hier an dieses Grabmals Schwelle?
Was wollen diese herrenlosen Schwerter,
Daß sie verfärbt hier liegen an der Stätte
Des Friedens? *Er geht in das Begräbnis.*
       Romeo? — ach, bleich! — Wer sonst?
Wie? Paris auch? und in sein Blut getaucht?
O welche unmitleid'ge Stund' ist schuld
An dieser kläglichen Begebenheit? —
Das Fräulein regt sich.
JULIA *erwachend.* O Trostesbringer! wo ist mein Gemahl?
Ich weiß recht gut noch, wo ich sollte sein,
Da bin ich auch. — Wo ist mein Romeo?
       Geräusch von Kommenden.
LORENZO. Ich höre Lärm. — Kommt, Fräulein, flieht die Grube
Des Tods, der Seuchen, des erzwungnen Schlafs;
Denn eine Macht, zu hoch dem Widerspruch,
Hat unsern Rat vereitelt. Komm, o komm!
Dein Gatte liegt an deinem Busen tot,
Und Paris auch; komm, ich versorge dich
Bei einer Schwesterschaft von heil'gen Nonnen.
Verweil' mit Fragen nicht; die Wache kommt.
Geh, gutes Kind! *Geräusch hinter der Szene.*
Ich darf nicht länger bleiben. *Ab.*
JULIA. Geh nur, entweich! denn ich will nicht von hinnen. —
Was ist das hier? Ein Becher, festgeklemmt
In meines Trauten Hand? — Gift, seh' ich, war
Sein Ende vor der Zeit. — O Böser! alles
Zu trinken, keinen güt'gen Tropfen mir
Zu gönnen, der mich zu dir bracht'? — Ich will
Dir deine Lippen küssen. Ach, vielleicht
Hängt noch ein wenig Gift daran, und läßt mich
An einer Labung sterben. *Sie küßt ihn.* Deine Lippen
Sind warm. —
WÄCHTER *hinter der Szene.* Wo ist es, Knabe? Führ' uns.
JULIA. Wie? Lärm? — dann schnell nur. —
      Sie ergreift Romeos Dolch.
              O willkommner Dolch!
Dies werde deine Scheide. *Ersticht sich.* Roste da,
Und laß mich sterben.
      Sie fällt auf Romeos Leiche, und stirbt.
      Wache mit dem Pagen des Paris.
PAGE. Dies ist der Ort: da, wo die Fackel brennt.

FIRST WATCH.

The ground is bloody; search about the churchyard:

Go, some of you, whoe'er you find, attach —

Exeunt some.

Pitiful sight! here lies the county slain,

And Juliet bleeding, warm, and newly dead,

Who here hath lain this two days buried. —

Go, tell the prince; run to the Capulets;

Raise up the Montagues; some others search: —

Exeunt other Watchmen.

We see the ground whereon these woes do lie;

But the true ground of all these piteous woes

We cannot without circumstance descry.

Re-enter some of the Watch, with Balthasar.

SECOND WATCH.

Here's Romeo's man; we found him in the churchyard.

FIRST WATCH. Hold him in safety till the prince come hither.

Re-enter Friar Laurence, and another Watchman.

THIRD WATCH.

Here is a friar, that trembles, sighs and weeps:

We took this mattock and this spade from him,

As he was coming from this churchyard side.

FIRST WATCH. A great suspicion: stay the friar too.

Enter the Prince and Attendants.

PRINCE. What misadventure is so early up,

That calls our person from our morning's rest?

Enter Capulet, Lady Capulet, and others.

CAPULET. What should it be that they so shriek abroad?

LADY CAPULET. The people in the street cry "Romeo",

Some "Juliet", and some "Paris"; and all run

With open outcry toward our monument.

PRINCE. What fear is this which startles in our ears?

FIRST WATCH.

Sovereign, here lies the County Paris slain;

And Romeo dead; and Juliet, dead before,

Warm and new kill'd.

PRINCE. Search, seek, and know how this foul murder comes.

FIRST WATCH.

Here is a friar, and slaughter'd Romeo's man,

With instruments upon them fit to open

These dead men's tombs.

ERSTER WÄCHTER.
Der Boden ist voll Blut: durchsucht den Kirchhof.
Ein Paar von euch, geht, greifet wen ihr trefft.
Einige von der Wache ab.
Betrübt zu sehn! Hier liegt der Graf erschlagen,
Und Julia blutend, warm und kaum verschieden,
Die schon zwei Tage hier begraben lag. —
Geht, sagt's dem Fürsten! weckt die Capulets!
Lauft zu den Montagues! Ihr andern, sucht!
Andre Wächter ab.
Wir sehn den Grund, der diesen Jammer trägt;
Allein den wahren Grund des bittern Jammers
Erfahren wir durch näh're Kundschaft nur.
Einige von der Wache kommen mit Balthasar.
ZWEITER WÄCHTER.
Hier ist der Diener Romeos; wir fanden
Ihn auf dem Kirchhof.
ERSTER WÄCHTER. Bewahrt ihn sicher, bis der Fürst erscheint
Ein andrer Wächter mit Lorenzo.
DRITTER WÄCHTER.
Hier ist ein Mönch, der zittert, weint und ächzt;
Wir nahmen ihm den Spaten und die Haue,
Als er von jener Seit' des Kirchhofs kam.
ERSTER WÄCHTER. Verdächt'ges Zeichen! Haltet auch den Mönch.
Der Prinz und Gefolge.
PRINZ. Was für ein Unglück ist so früh schon wach,
Das uns aus unsrer Morgenruhe stört?
Capulet, Gräfin Capulet und andre kommen.
CAPULET. Was ist's, daß draußen so die Leute schrein?
GRÄFIN CAPULET. Das Volk ruft auf den Straßen: „Romeo",
Und „Julia", und „Paris"; alles rennt
Mit lautem Ausruf unserm Grabmal zu.
PRINZ. Welch Schrecken ist's, das unser Ohr betäubt?
ERSTER WÄCHTER.
Durchlaucht'ger Herr, entleibt liegt hier Graf Paris;
Tot Romeo; und Julia, tot zuvor,
Noch warm und erst getötet.
PRINZ. Sucht, späht, erforscht die Täter dieser Greuel.
ERSTER WÄCHTER.
Hier ist ein Mönch, und Romeos Bedienter.
Man fand Gerät bei ihnen, das die Gräber
Der Toten aufzubrechen dient.

CAPULET. O heaven! — O wife, look how our daughter bleeds!
This dagger hath mista'en, for, lo, his house
Is empty on the back of Montague,
And it mis-sheathed in my daughter's bosom!

LADY CAPULET. O me! this sight of death is as a bell
That warns my old age to a sepulchre.
Enter Montague and others.
PRINCE. Come, Montague; for thou art early up,
To see thy son and heir more early down.
MONTAGUE. Alas! my liege, my wife is dead to-night;
Grief of my son's exile hath stopp'd her breath:
What further woe conspires against mine age?
PRINCE. Look, and thou shalt see.
MONTAGUE. O thou untaught! what manners is in this,
To press before thy father to a grave?
Prince. Seal up the mouth of outrage for a while,
Till we can clear these ambiguities,
And know their spring, their head, their true descent;
And then will I be general of your woes,
And lead you even to death: meantime forbear,
And let mischance be slave to patience. —
Bring forth the parties of suspicion.
FRIAR. I am the greatest, able to do least,
Yet most suspected, as the time and place
Doth make against me, of this direful murder;
And here I stand, both to impeach and purge
Myself condemned and myself excused.
PRINCE. Then say at once what thou dost know in this.
FRIAR. I will be brief, for my short date of breath
Is not so long as is a tedious tale.
Romeo, there dead, was husband to that Juliet;
And she, there dead, that Romeo's faithful wife:
I married them; and their stol'n marriage-day
Was Tybalt's doomsday, whose untimely death
Banish'd the new-made bridegroom from this city;
For whom, and not for Tybalt, Juliet pined.
You, to remove that siege of grief from her,
Betroth'd, and would have married her perforce,
To County Paris: then comes she to me,
And with wild looks bid me devise some mean
To rid her from this second marriage,

CAPULET.   O Himmel!
O Weib! sieh hier, wie unsre Tochter blutet!
Der Dolch hat sich verirrt: sieh, seine Scheide
Liegt ledig auf dem Rücken Montagues,
Er selbst steckt fehl in unsrer Tochter Busen.
GRÄFIN CAPULET. O weh mir! Dieser Todesanblick mahnt
Wie Grabgeläut mein Alter an die Grube.
                Montague und andre kommen.
PRINZ. Komm, Montague! Früh hast du dich erhoben,
Um früh gefallen deinen Sohn zu sehn.
MONTAGUE. Ach, gnäd'ger Fürst! mein Weib starb diese Nacht:
Gram um des Sohnes Bann entseelte sie.
Welch neues Leid bricht auf mein Alter ein?
PRINZ. Schau hin, und du wirst sehn.
MONTAGUE. O Ungeratner! was ist das für Sitte,
Vor deinem Vater dich ins Grab zu drängen?
PRINZ. Versiegelt noch den Mund des Ungestüms,
Bis wir die Dunkelheiten aufgehellt,
Und ihren Quell und wahren Ursprung wissen.
Dann will ich eurer Leiden Hauptmann sein,
Und selbst zum Tod euch führen. — Still indes!
Das Mißgeschick sei Sklave der Geduld. —
Führt die verdächtigen Personen vor.
LORENZO. Mich trifft, obschon den unvermögendsten,
Am meisten der Verdacht des grausen Mordes,
Weil Zeit und Ort sich gegen mich erklärt.
Hier steh' ich, mich verdammend und verteid'gend,
Der Kläger und der Anwalt meiner selbst.
PRINZ. So sag' ohn' Umschweif, was du hievon weißt.
LORENZO. Kurz will ich sein, denn kurze Frist des Odems
Versagt gedehnte Reden. Romeo,
Der tot hier liegt, war dieser Julia Gatte,
Und sie, die tot hier liegt, sein treues Weib.
Ich traute heimlich sie; ihr Hochzeittag
War Tybalts letzter, des unzeit'ger Tod
Den jungen Gatten aus der Stadt verbannte;
Und Julia weint' um ihn, nicht um den Vetter.
Ihr, um den Gram aus ihrer Brust zu treiben,
Verspracht und wolltet sie dem Grafen Paris
Vermählen mit Gewalt. — Da kommt sie zu mir
Mit wildem Blick, heißt mich auf Mittel sinnen,
Um dieser zweiten Heirat zu entgehn,

Or in my cell there would she kill herself.
Then gave I her, so tutor'd by my art,
A sleeping potion; which so took effect
As I intended, for it wrought on her
The form of death: meantime I writ to Romeo
That he should hither come as this dire night,
To help to take her from her borrow'd grave,
Being the time the potion's force should cease.
But he which bore my letter, Friar John,
Was stay'd by accident, and yesternight
Return'd my letter back. Then, all alone,
At the prefixed hour of her waking,
Came I to take her from her kindred's vault,
Meaning to keep her closely at my cell
Till I conveniently could send to Romeo:
But when I came, some minute ere the time
Of her awakening, here untimely lay
The noble Paris and true Romeo dead.
She wakes; and I entreated her come forth
And bear this work of heaven with patience:
But then a noise did scare me from the tomb,
And she, too desperate, would not go with me,
But, as it seems, did violence on herself.
All this I know; and to the marriage
Her nurse is privy: and, if aught in this
Miscarried by my fault, let my old life
Be sacrificed some hour before his time
Unto the rigour of severest law.

PRINCE. We still have known thee for a holy man. —
Where's Romeo's man? what can he say to this?
BALTHASAR.
I brought my master news of Juliet's death;
And then in post he came from Mantua
To this same place, to this same monument.
This letter he early bid me give his father,
And threaten'd me with death, going in the vault,
If I departed not and left him there.
PRINCE. Give me the letter; I will look on it. —
Where is the county's page that raised the watch? —
Sirrah, what made your master in this place?
PAGE. He came with flowers to strew his lady's grave;

Sonst wollt' in meiner Zelle sie sich töten.
Da gab ich, so belehrt durch meine Kunst,
Ihr einen Schlaftrunk; er bewies sich wirksam
Nach meiner Absicht, denn er goß den Schein
Des Todes über sie. Indessen schrieb ich
An Romeo, daß er sich herbegäbe,
Und hülf' aus dem erborgten Grab sie holen,
In dieser Schreckensnacht, als um die Zeit,
Wo jenes Trankes Kraft erlösche. Doch
Den Träger meines Briefs, den Bruder Marcus,
Hielt Zufall auf, und gestern Abend bracht' er
Ihn mir zurück. Nun ging ich ganz allein
Um die bestimmte Stunde des Erwachens,
Sie zu befrein aus ihrer Ahnen Gruft,
Und dacht' in meiner Zelle sie zu bergen,
Bis ich es Romeo'n berichten könnte.
Doch wie ich kam, Minuten früher nur
Eh' sie erwacht', fand ich hier tot zu früh
Den treuen Romeo, den edlen Paris.
Jetzt wacht sie auf; ich bat sie fortzugehn,
Und mit Geduld des Himmels Hand zu tragen;
Doch da verscheucht' ein Lärm mich aus der Gruft;
Sie, in Verzweiflung, wollte mir nicht folgen,
Und tat, so scheint's, sich selbst ein Leides an.
Dies weiß ich nur; und ihre Heirat war
Der Wärterin vertraut. Ist etwas hier
Durch mich verschuldet, laßt mein altes Leben,
Nur wenig Stunden vor der Zeit, der Härte
Des strengsten Richterspruchs geopfert werden.
PRINZ. Wir kennen dich als einen heil'gen Mann. —
Wo ist der Diener Romeos? Was sagt er?
BALTHASAR.
Ich brachte meinem Herrn von Juliens Tod
Die Zeitung, und er ritt von Mantua
In Eil' zu diesem Platz, zu diesem Grabmal.
Den Brief hier gab er mir für seinen Vater,
Und drohte Tod mir, gehend in die Gruft,
Wo ich mich nicht entfernt', und dort ihn ließe.
PRINZ. Gib mir den Brief; ich will ihn überlesen. —
Wo ist der Bub' des Grafen, der die Wache
Geholt? — Sag', Bursch, was machte hier dein Herr?
PAGE. Er kam, um Blumen seiner Braut aufs Grab

And bid me stand aloof, and so I did:
Anon comes one with light to ope the tomb;
And by and by my master drew on him!
And then I ran away to call the watch.
PRINCE. This letter doth make good the friar's words,
Their course of love, the tidings of her death:
And here he writes that he did buy a poison
Of a poor pothecary, and therewithal
Came to this vault to die, and lie with Juliet. —
Where be these enemies? — Capulet! — Montague!
See what a scourge is laid upon your hate,
That heaven finds means to kill your joys with love;
And I, for winking at your discords too,
Have lost a brace of kinsmen: all are punish'd.
CAPULET. O brother Montague, give me thy hand:
This is my daughter's jointure, for no more
Can I demand.
MONTAGUE.   But I can give thee more:
For I will raise her statue in pure gold;
That whiles Verona by that name is known,
There shall no figure at such rate be set
As that of true and faithful Juliet.

CAPULET. As rich shall Romeo by his lady lie;
Poor sacrifices of our enmity!
PRINCE. A glooming peace this morning with it brings;
The sun, for sorrow, will not show his head:
Go hence, to have more talk of these sad things;
Some shall be pardon'd, and some punished:
For never was a story of more woe
Than this of Juliet and her Romeo. *Exeunt.*

Zu streun, und hieß mich fern stehn, und das tat ich.
Drauf naht sich wer mit Licht, das Grab zu öffnen,
Und gleich zog gegen ihn mein Herr den Degen;
Alsbald lief ich davon, und holte Wache.
PRINZ. Hier dieser Brief bewährt das Wort des Mönchs,
Den Liebesbund, die Zeitung ihres Todes:
Auch schreibt er, daß ein armer Apotheker
Ihm Gift verkauft, womit er gehen wolle
Zu Juliens Gruft, um neben ihr zu sterben. —
Wo sind sie, diese Feinde? — Capulet! Montague!
Seht, welch ein Fluch auf eurem Hasse ruht,
Daß eure Freuden Liebe töten muß!
Auch ich, weil ich dem Zwiespalt nachgesehn,
Verlor ein Paar Verwandte. — Alle büßen.
CAPULET. O Bruder Montague, gib mir die Hand:
Das ist das Leibgedinge meiner Tochter,
Denn mehr kann ich nicht fordern.
MONTAGUE.   Aber ich
Vermag dir mehr zu geben; denn ich will
Aus klarem Gold ihr Bildnis fert'gen lassen.
Solang' Verona seinen Namen trägt,
Komm' nie ein Bild an Wert dem Bilde nah
Der treuen, liebevollen Julia.
CAPULET. So reich will ich es Romeo'n bereiten:
Die armen Opfer unsrer Zwistigkeiten!
PRINZ. Nur düstern Frieden bringt uns dieser Morgen;
Die Sonne scheint, verhüllt vor Weh, zu weilen.
Kommt, offenbart mir ferner, was verborgen:
Ich will dann strafen, oder Gnad' erteilen;
Denn niemals gab es ein so hartes Los
Als Juliens und ihres Romeos. *Alle ab.*